D1880573

झरोखे

झरोखे

भीष्म साहनी

राजकमल प्रकाशन

ISBN : 978-81-7178-678-7

मूल्य : ₹ 295

© कल्पना साहनी, वरुण साहनी

पहला संस्करण : 1967
नौवाँ संस्करण : 2022

प्रकाशक : राजकमल प्रकाशन प्रा.लि.
1-बी, नेताजी सुभाष मार्ग, दरियागंज
नई दिल्ली–110 002

शाखाएँ : अशोक राजपथ, साइंस कॉलेज के सामने, पटना–800 006
पहली मंज़िल, दरबारी बिल्डिंग, महात्मा गांधी मार्ग, प्रयागराज–211 001
36-ए, शेक्सपियर सरणी, कोलकाता–700 017

वेबसाइट : www.rajkamalprakashan.com
ई-मेल : info@rajkamalprakashan.com

मुद्रक : बी.के. ऑफ़सेट
नवीन शाहदरा, दिल्ली–110 032

JHAROKHE
Novel by Bhishma Sahni

इस पुस्तक के सर्वाधिकार सुरक्षित हैं। प्रकाशक की लिखित अनुमति के बिना इसके किसी भी अंश को, फ़ोटोकॉपी एवं रिकॉर्डिंग सहित इलेक्ट्रॉनिक अथवा मशीनी, किसी भी माध्यम से, अथवा ज्ञान के संग्रहण एवं पुनःप्रयोग की प्रणाली द्वारा, किसी भी रूप में, पुनरुत्पादित अथवा संचारित-प्रसारित नहीं किया जा सकता।

कल्पना को

विस्मृति की अँधेरी खोह में पड़े अतीत के चित्रों के अंश, काग़ज़ के पुर्ज़ों की तरह कभी-कभी उड़ने लगते हैं । दो-एक पुर्ज़े जुड़ जाएँ तो एक तसवीर-सी उभरती जान पड़ती है । खोह का अँधेरा छनता-सा जान पड़ता है । पर ध्यान से देखो तो चित्र सहसा अपने रंग खोने लगता है, अपना अर्थ और महत्त्व खोने लगता है, और पुर्ज़े फिर से अलग-अलग होकर बिखरने लगते हैं, विस्मृति की खोह में फिर से डूबने लगते हैं । क्या मेरी कल्पना ही इन अंशों को जोड़ने का, इन्हें रूप देने का प्रयास कर रही है ? क्या जीवन की गति-विधि को सूत्रबद्ध करनेवाले कोई तंतु हुआ भी करते हैं या नियमितता की भूखी हमारी कल्पना ही उन्हें कोई सुसंगत रूप देने की चेष्टा करती रहती है ?

जिंदगी पर के कुछेक झरोखे, लगता है, अपने हाथों से खोल रहा हूँ ।

साए और आवाज़ें, भटकते रंग—काला और सफ़ेद और लाल—इन्हीं का झुरमुट-सा उभरने लगता है । दिन की रोशनी में उठनेवाली आवाज़ें दिन की रोशनी में ही बिखर जाती हैं, अपना अस्तित्व खो देती हैं, लेकिन सायंकाल के झुटपुटे और रात के अँधेरे में उठनेवाली आवाज़ें हवा में तैरती हुई, दीवारों को बेधती हुई चली आती हैं और लगता है आज भी तैर रही हैं और दीवारों को बेधकर मेरी ओर आ रही हैं ।

शाम के झुटपुटे में, आँगन के एक ओर 'तंदूर' भभक रहा है, रसोईघर के बाहर आले में लैंप जल रहा है : रसोईघर के अंदर लाल लौ देता हुआ चूल्हा जल रहा है । घर का कोई व्यक्ति आले में रखे लैंप को उठाकर रसोईघर में से बाहर निकला है और घर का आँगन लाँघने लगा है । प्रकाश और अंधकार सहसा आपस में उलझ गए हैं, उनमें हरकत आ गई है, और दीवारों पर भयावह लंबे-लंबे साए पड़ने लगे हैं । उस व्यक्ति की टाँगों से लिपटी रोशनी की लौ दूर होती जा रही है ।

अँधेरा पड़ते ही छत पर असंख्य भूत-पिशाच उतर आते हैं । और हर कोने

में दरवाज़ों के पीछे से मेरी ओर झाँकने लगते हैं ।

'देयो जी मंजीफ़ा !' पिछवाड़े की लंबी सुनसान गली में से आवाज़ आई है । अभी किसी किवाड़ के खुलने की आवाज़ आएगी । दरवाज़ा खुला है, चलते हुए कदम रुक गए हैं, क्षण-भर के लिए ख़ामोशी छा गई है । फिर दरवाज़ा बंद होने की आवाज़ आई है, और कदमों की आहट धीरे-धीरे दूर होने लगी है । थोड़ी देर बाद यही आवाज़ गली में दूर से आती है, 'देयो जी मंजीफ़ा !' और फिर चुप्पी छा जाती है । मंजीफ़ा क्या है ? यह आदमी कौन है जो रोज रात को मंजीफ़ा माँगने आता है ? शायद यह वही लाल दाढ़ीवाला लँगड़ा आदमी है जो दिन के वक्त लंबा थैला लटकाए घूमता है ।

'पहाड़ डंडे !' दूर गली के अंधकार को चीरती हुई एक और आवाज़ उठी है । गली की गहन कालिमा में लाल रंग का चौड़ा-सा थक्का तैरने लगा है । गली के दूसरे सिरे पर से यह लाल थक्का हवा में तैरता हुआ आगे बढ़ता आ रहा है । क्या यह आग की लपट है ? अभी थोड़ी देर में वह और नज़दीक आ जाएगा, और फिर आवाज़ उठेगी, 'पहाड़ डंडे !' और सिर से पाँव तक मेरा शरीर सिहर उठेगा । क्या सचमुच यह आग की लपट है जो अँधेरे में लपकती हुई आगे ही आगे बढ़ती आ रही है ? नहीं-नहीं, वह फकीर की लाठी के सिरे पर बँधा लाल रंग का चिथड़ा है । फकीर का सिर मुँडा हुआ है और बदन नंगा है, सिर और कंधे और लंबी-लंबी बाँहों पर तेल चुपड़ा है । 'पहाड़ डंडे !' वह फिर पुकारकर कहता है । और मैं काँपकर खाट पर बैठी माँ की जाँघ से चिपट जाता हूँ । लगता है उसने लाठी ऊँची उठा ली है, और लाल थक्का हवा में तैरता हुआ निकट, और निकट आता जा रहा है ।...

मेरी आँखें मुँद रही हैं । अधमुँदी आँखों के सामने छत के नीचे कोई काला-सा रेखा-पुंज फैलकर बड़ा होने लगा है, फैलता जाता है, फैलता जाता है । मेरे मुँह में 'उँह' या 'हाय' का शब्द निकलने पर रेखा-पुंज धीरे-धीरे सिकुड़ने लगता है, और अटपटी काली रेखाओं का जाल एक काले-से धब्बे में सिमट जाता है, अब काला-सा धब्बा छत के नीचे कमरे में तैरने लगा है । कभी छत की ओर ऊँचा उठता है तो छोटा हो जाता है, फिर छत पर से उतरता हुआ मेरे पास आकर विकराल रूप धारण कर लेता है । मेरे मुँह में से फिर 'उँह' शब्द निकलता है,

लगता है रोशनी छँट गई है, और आँखों के सामने काला धब्बा फिर से फैलने लगा है, काली, अटपटी रेखाओं का जाल फिर से फैलने लगा है ।··· माँ मेरे सिर पर हाथ फेरती है । "इसका तो माथा तप रहा है," वह कहती है । मैं करवट बदल लेता हूँ और आँखों के सामने फिर से कभी प्रकाश और कभी अंधकार के पुंज फैलने-सिकुड़ने लगते हैं ।···

मैं अपना हाथ उठाकर माँ की गोद में रख देता हूँ । माँ मेरे सिर पर हाथ फेरती हुई कहती है, "ले तुझे मोतीराम का बारहमासा सुनाती हूँ ।"

और मेरे माथे पर थपकी देते हुए धीरे-धीरे गाने लगती है:

चेतर चित्त विच समझ पियारे
दुनिया झूठा भाणा ई
जिन्हां नाल तुध लाई दोस्ती
उन्हांवी चला जाणा ई ।[1]

मैं इस बारहमासे से भलीभाँति परिचित हूँ । माँ गाती है तो उसके शब्दों के साथ-साथ आँखों के सामने तरह-तरह के चित्र उभरने लगते हैं । माँ अगली पंक्तियाँ गाएगी तो एक दीवार सामने आ जाएगी, हमारे घर के पिछवाड़े की दीवार—उस पर एक कौवा आकर बैठेगा, और क्षणभर बैठने के बाद उड़ जाएगा, और मकान के ऊपर चारों ओर मँडराने लगेगा । माँ गा रही है :

इस माया दा माण न करिए
माया काग बन्हेरे दा
पल विच आवे, छिन विच जावे
सैर करे चौफेरे दा ··· ।[2]

कौवा उड़ गया है । अभी मोतीराम सामने आएगा, उसने सिर पर 'मुशद्दी लुंगी,[3] बाँध रखी है । छोटी-छोटी, काली मूँछोंवाला मोतीराम पालथी मारे फ़र्श पर बैठा है । माँ गाए जा रही है :

---

1. चैत मास का छंद "हे मेरे मित्र, इस बात को भलीभाँति समझ ले कि यह दुनिया मिथ्या है, तेरे सगे-संबंधी भी, जिनके साथ तेरी गहरी मित्रता है, एक दिन यहाँ से चले जाएँगे ।"
2. इस माया पर गर्व नहीं करते । यह माया तो उस कौवे के समान है जो कुछ देर के लिए तुम्हारे घर की दीवार पर आकर बैठता है और फिर उड़ जाता है ।
3. एक तरह की पेशावरी पगड़ी ।

मोतीराम कदी समझ पियारे
अंतकाल जम घेरीगा ।[1]

माँ की आवाज़ एकरस है, उसका हाथ बराबर मेरे माथे को थपथपाए जा रहा है । अब की बार माँ गाएगी तो एक काला-सा बकरा गर्दन उठाए सामने खड़ा हो जाएगा । फिर लगेगा जैसे पिछवाड़े के घर में कोई बर्तन टूटा है, मिट्टी की परात टूटी है :

विसाख विसारियो ई नाम साईं दा
आकड़ आकड़ चलनै तूँ,
पहन पोशाकाँ खावें खुराकाँ
जम दा बकरा पलनै तूँ ।
एह दुनिया भांटे दी न्याईं,
जिस घड़िया सो भजणा ई ।[2]

हर छंद के बाद छोटी-छोटी काली मूँछोंवाला मोतीराम 'मुशद्दी लुंगी' सिर पर पहने चुपचाप सामने आकर बैठ जाता है :

मोतीराम कदी समझ पियारे
अंत खाक विच रलणा ईं ।[3]

गली की ओर से फिर आवाज़ आने लगी है और मेरा मन माँ के एकरस गीत से उचट गया है । आवाज़ पड़ोस की छत पर से आ रही है जहाँ मनोहर रहता है, यह भी गाने की आवाज़ है, यह माँ के गीत से बड़ी भिन्न है । इसमें जल की बूँदें चमकती हैं और छोटी-छोटी घंटियाँ बजती हैं और मनोहर की छोटी बहन का सफ़ेद कुर्ता चाँदनी में चमकने लगता है, और उसके बाल भी चमकने लगते हैं :

फूलों में हम आती हैं, आती हैं,
ठंडी मौसम में !
ठंडी मौसम में !

---

1. मोतीराम कहता है, हे मेरे मित्र, इस बात को समझ लो कि एक दिन यमराज तुम्हें आकर घेर लेगा ।
2. वैशाख मास का छंद : तू भगवान के नाम को भूलकर बहुत अकड़-अकड़कर चलने लगा है, बढ़िया पोशाकें पहनता है और बढ़िया भोजन करता है, वास्तव में तू यमराज का बकरा है, जो पलकर मोटा हो रहा है । यह जीवन तो एक पात्र के समान है, जो अंत में अवश्य टूटेगा ।
3. मोतीराम कहता है, हे मित्र, इस बात को समझ ले कि तू एक दिन ख़ाक में मिल जाएगा ।

मनोहर के घर की छत पर लड़के और लड़कियाँ खेल रहे हैं । मनोहर की तीनों छोटी बहनें, एक-दूसरी की कमर में हाथ डाले, एक ही पाँत में गाती हुई आगे बढ़ रही हैं । छत के आधे भाग में अँधेरा है, और आधे भाग पर चाँदनी खिली है । वह अँधेरे भाग में से गाती हुई चाँदनी में आती हैं, सामने लड़कों की पाँत खड़ी है, इनमें मनोहर है, और मेरा भाई बलदेव है, और सूरज भी है । जब लड़कियाँ गाती हुई आगे आती हैं तो लड़कों की पाँत धीरे-धीरे पीछे हटने लगती है ।

फूलों में हम आती हैं, आती हैं,
ठंडी मौसम में !
ठंडी मौसम में !

मैं जानता हूँ अब क्या होगा । अब लड़कों की पाँत गाती हुई आगे बढ़ने लगेगी और लड़कियों की पाँत धीरे-धीरे पीछे हटने लगेगी ।

तुम किसको लेने आती हो, आती हो,
ठंडी मौसम में !
ठंडी मौसम में !

अब लड़कियाँ गाती हुई आगे बढ़ने लगी हैं :

बलदेव को लेने आती हैं, आती हैं,
ठंडी मौसम में !
ठंडी मौसम में !
बलदेव को लेने आती हैं, आती हैं,
ठंडी मौसम में !

मैं पहले से जानता था कि वे बलदेव को माँगेंगी । वे रोज बलदेव को ही माँगती हैं । मेरा दिल मसोस उठता है और मैं माँ की जाँघ पर सिर रखे फिर से करवट बदल लेता हूँ ।

बलदेव लड़कों की पाँत में से निकलकर लड़कियों की पाँत में जा मिला है और मनोहर की छोटी बहन ने उसकी कमर में हाथ डाल दिया है । मेरा दिल फिर मसोस उठा है ।

वहीं पर छत के एक कोने में तुलसी भी खड़ा है । तुलसी को मनोहर की बहन खेलने नहीं देती । 'तू नौकर है', वह कहती है, 'तेरी आवाज़ मोटी है, भैंस जैसी ।' और सब लड़कियाँ हँसने लगती हैं । मुझे भी मनोहर की बहन अपने

साथ खेलने नहीं देती, 'तू छोटा है ।' और मैं भी जब बीमार नहीं होता तो मुंडेर के साथ लगकर तुलसी के साथ खड़ा रहता हूँ ।

मैं छटपटाकर फिर माँ की गोद में करवट बदल लेता हूँ । माँ अभी भी मेरा माथा थपथपाए जा रही है और अपना बारहमासा गाए जा रही है । मेरा ध्यान मोतीराम के छंदों पर लौट आया है । सहसा सीढ़ियों पर पिता जी के कदमों की आवाज़ आती है । मैं मुँह से 'उँह' कहता हूँ ताकि माँ सुन ले । शायद पिता जी छड़ी ढूँढ़ने आए हैं । वह शाम को रोज छड़ी ढूँढ़ते हैं । वह ज़रूर माँ पर बिगड़ेंगे । जब माँ गा रही थी तो ज़रूर उन्होंने सुन लिया होगा । लेकिन माँ अभी भी गाए जा रही है ।

सहसा पिता जी की गरज सुनाई देती है : ''हज़ार बार मना किया है बच्चों के सामने 'विराग' के गीत नहीं गाया कर । पर तू ऐसी 'हूड़मत' है, मानती ही नहीं ।''

माँ धीरे-से कहती है, ''मुझे यही अच्छे लगते हैं, मैं क्या करूँ । मैं यही गाऊँगी ।''

''तुझे अच्छे लगते हैं तो अलग बैठकर गाया कर । बच्चों को विराग के गीत नहीं सुनाया कर ।''

''मोतीराम का बारहमासा गा रही थी, इसमें बुरी बात क्या है ?''

''ये निराशा के गीत हैं, बच्चों को अच्छे-अच्छे आशा के गीत सुनाने चाहिए । इनके कान में वेद-मंत्र पढ़ने चाहिए । तू विराग के गीत ले बैठती है । शाम के वक्त ये गीत गाओ तो बच्चों के दिल पर बुरा असर पड़ता है ।''

''असर क्या पड़ना है, महाराज इनकी उम्र लंबी करे ...''

''अच्छा बस, आगे कुछ नहीं कहना, यहीं खत्म कर दे । मेरी छड़ी कहाँ है ? कहीं देखी है ?'' और पिता जी दूसरे कमरे में छड़ी ढूँढ़ने चले जाते हैं ।

''ऐसा 'बेवाका' घर है, यहाँ कोई चीज़ नहीं मिलती ।'' दूसरे कमरे से पिता जी की आवाज़ आ रही है, ''और जो पूछो तो कोई बोलता तक नहीं ।''

माँ जाँघ पर से मेरा सिर हटा देती है । दीवार पर लगी घड़ी टन-टन कर उठी है । मैं उसकी टन-टन गिन रहा हूँ । दस बार टन-टन हुई है ।

टन-टन खत्म होने पर माँ सहसा हँसने लगती है : ''इस घर का चरखा ही टेढ़ा है । अभी शाम हुई नहीं, घड़ी दस बजा रही है ।''

माँ जब हँसती है तो मेरी दुनिया बदल जाती है । मुझे सबकुछ

हल्का-हल्का और सहज लगने लगता है । माँ की सारी देह थिरक-थिरक जाती है और मैं माँ की गोदी में सिर छुपा लेता हूँ । फिर मुझे किसी बात से डर नहीं लगता : "तुलसी ! तुमने कहीं छड़ी देखी है ?"

दूर छज्जे की ओर से पिता जी की आवाज़ आ रही है ।

"उठूँ, रसोई का काम देखूँ ।" माँ कहती है और अपनी बोझल-सी देह पलँग के नीचे उतारने लगती है ।

सीढ़ियों पर किसी के चढ़ने की आवाज़ आ रही है । यह भाई के कदमों की आवाज़ है । शाम-भर खेलने के बाद घर लौट रहा है ।

भाई ने हाँफते हुए आँगन में कदम रखा है और वहीं से पुकार रहा है, "माता जी ! माता जी ! मैं जा रहा हूँ ।"

और माता जी को ढूँढ़ता हुआ हमारे कमरे में आ गया है ।

"माता जी, हम गुरुकुल समाज में जा रहे हैं ।"

भाई के ऐन पीछे तुलसी अंदर आया है । शाम के धुँधलके में लगता है, मैं पहली बार तुलसी को ठीक तरह से देख रहा हूँ । मन में उठनेवाली ईर्ष्या की टीस से छटपटा रहा हूँ । लगता है जैसे तुलसीराम भाई के पीछे खड़ा हँस रहा है । उसका काला-सा चेहरा और छोटी-छोटी आँखें और लाल-लाल मसूड़े इस अँधेरे में भी चमक रहे हैं । वह मुझे तनिक भी अच्छा नहीं लगता । घर में जहाँ भी मुझे देख ले, उठाकर पटक देता है ।

"वहाँ तीर-कमान के खेल हैं, सात बजे शुरू होंगे । मैं भी जा रहा हूँ ।" भाई हाँफता हुआ कह रहा है ।

"यह कहीं जाने का वक्त है ? दिन-भर खेलता रहा है, अभी तेरा जी नहीं भरा ?"

मेरे मन को ढाढ़स मिलती है । माँ भाई को नहीं जाने देगी ।

"पिता जी कहते हैं बेशक चले जाओ ।" भाई पलँग की बाँही पकड़कर उछलता हुआ कहता है ।

"पिता जी कहते हैं तो फिर मुझसे पूछते ही क्यों हो ?"

"पिता जी ने कहा है, जा माँ से पूछ ।"

माँ अभी कुछ बोल नहीं पाई है कि मैं चिल्लाकर कहता हूँ, "मैं भी जाऊँगा, मैं भी जाऊँगा !"

भाई और तुलसी दोनों खड़े हैं । भाई का गोरा चेहरा दमक रहा है । वह

बार-बार बाँही को पकड़कर उछल रहा है । तुलसी का चेहरा काला है और चौड़ा है, और हँसता है तो उसके लाल-लाल मसूड़े चमकने लगते हैं ।

''तू दिन-भर सैरों पर चढ़ा रहता है, और तेरे साथ तुलसी भी निकम्मा हो रहा है ।''

मेरी आस फिर बँधती है । माँ भाई को नहीं जाने देगी । और तुलसी भी नहीं जा पाएगा ।

''माता जी, वह आँखें बंद करके धागे पर बाण चलाता है, उसे तोड़ देता है । लाहौर से आया है । मैं ज़रूर जाऊँगा ।''

पिता जी के कदमों की आवाज़ नज़दीक आ रही है ।

''अभी तक कमरे में लैंप नहीं रखा ? कहाँ मर गया है तुलसी ?''

तुलसी ज्यों-का-त्यों खड़ा है । वह पिता जी की आवाज़ सुनकर लैंप जलाने क्यों नहीं जाता ?

''यह तीर-कमान के खेल देखने जाना चाहता है, चला जाए ?'' पिता जी कहते हैं ।

''देखो जी, कोई वेला-वक्त देखा करो । यह कोई वक्त है बच्चों को बाहर भेजने का ?''

''तुलसी के साथ भेज दे, जाए देख आए, क्या हर्ज है ?''

''पर जी, अँधेरा पड़ गया है, इतना काम पड़ा है मेरा, कौन करेगा ? इसे भी आप भेज रहे हैं ? कोई वेला-वक्त देखना चाहिए ।''

पर पिता जी अभी भी अपनी छड़ी ढूँढ़ रहे हैं । उन्होंने माँ के शब्दों पर—जिन पर मेरी जान टँगी हुई है—विशेष ध्यान नहीं दिया ।

अंतिम शब्द सुनकर पिता जी फिर बोलते हैं : ''जाने दे, जाने दे, ऐसे लोग कभी-कभी आते हैं । गुरुकुल समाज कौन-सा दूर है, अभी लौट आएँगे ।'' पिता जी कमरे के एक-एक कोने में टटोल-टटोलकर छड़ी ढूँढ़ रहे हैं । ''यों तो गुरुकुल समाजवाले दो कौड़ी का काम नहीं करते, पर खेल-तमाशे अच्छे कर लेते हैं। ...''

''मैं भी जाऊँगा !'' मैं चीख़ उठता हूँ ।

पिता जी मेरे पास आते हैं । ''शगड़ी-बगड़ी' तू भी जाएगा ?'' और वह माँ को संबोधन करके कहते हैं, ''इसे भी जाने दे । तुलसी के कंधे पर बैठकर चला जाए । तुलसी ही इसे उठा ले जाएगा ।''

"देखो जी, कोई राह-रास्ते की बात किया करो । बीमार बच्चे को भेज दूँ ? इसका माथा तप रहा है ।"

अभी तक माँ मेरी मित्र थी और पिता जी शत्रु । अब पिता जी मित्र हैं और माँ शत्रु बनती जा रही है ।

"बुखार तो इसे थोड़ा है ।" वह मेरे माथे पर हाथ रखते हैं ।

"नहीं, इसे भेजने का नाम भी न लो । तुम खुद बच्चों को बिगाड़ते हो ।"

"मैं भी जाऊँगा, मैं ज़रूर जाऊँगा ।" मैं सिसककर कहता हूँ ।

"जाने दे, जाने दे, बच्चों का मन बहल जाएगा । गलियों में गंदे गीत ही सीखते हैं, वहाँ आर्य समाज में जाएँगे तो कोई अच्छी बात इनके कान में पड़ेगी ।"

"मैं जाऊँगा, जाऊँगा, जाऊँगा !" मैं मुट्ठियाँ भींचकर कहता हूँ ।

पिता जी फिर छड़ी ढूँढ़ते हुए दूसरे कमरे में चले गए हैं ।

पिता जी को छड़ी मिल गई है । "यह रही छड़ी !" उनकी आवाज़ आती है । "दरवाज़े के ऊपर किसने टाँग दी है ? इस घर में चीज़ सामने पड़ी रहती है और कोई बोलता नहीं ।"

"इनको तमाशा देखने के लिए भेज रहे हो और खुद घूमने जा रहे हो । उधर रात पड़ रही है । कब लौटोगे और कब मैं चौके से निबटूँगी ?"

"मैं अभी आ रहा हूँ । बस, बाग में एक चक्कर लगाकर लौट आऊँगा । तू उठकर खाना तैयार कर ।"

फिर पिता जी मेरे पास चले आते हैं । मेरा माथा सहलाते हुए, मुझे 'शगड़ी-बगड़ी' कहते हैं और अपनी जेब में से सारी रेज़गारी निकालकर मेरे सिरहाने के नीचे रख देते हैं, "तू 'राजी' हो जा, तुझे मैं ले चलूँगा !" और वे कमरे में से बाहर चले जाते हैं । तुलसी और भाई भी कमरे में से भाग गए हैं । गरम, तपते आँसू मेरी आँखों के कोनों में से निकल-निकलकर बहने लगे हैं । माँ उठकर रसोईघर में जाने लगी है ।...

रसोईघर की ओर से हँसने की आवाज़ आ रही है ।... ये मेरी दो बड़ी बहनें हैं । वे बहनें नहीं, दो सफ़ेद साए-से हैं जो सदा एक साथ घर में घूमते रहते हैं, भाग-भागकर एक कमरे से दूसरे कमरे में जाते हैं ।

आँसुओं के बीच मेरी आँखें फिर छत पर टिक गई हैं । दो कड़ियों के बीच दाढ़ीवाले राजा का चेहरा अब दिखाई नहीं देता, उसके आगे भागते घोड़े की

शक्ल भी दिखाई नहीं देती । रेखापुंज तैरता हुआ फिर आँखों के सामने आ गया है, वह फिर फैलकर बड़ा होने लगा है, फैलता जाता है । जब मेरे मुँह से 'हाय' या 'ऊँह' का शब्द निकलेगा तो वह सिकुड़ने लगेगा, फिर सिकुड़ता जाएगा, सिकुड़ता जाएगा, और अंत में एक काला धब्बा बनकर रह जाएगा, और हवा में तैरने लगेगा ...

दिन निकल आया है । दिन के उजाले में सबकुछ स्वाभाविक हो जाता है, स्थिर और सुनिश्चित । रात पड़ती है तो चारों ओर भयानक साए डोलने लगते हैं । मैं माँ का हाथ पकड़े सीढ़ियाँ उतर रहा हूँ । मेरे एक हाथ में आटे की भरी छोटी-सी कटोरी है । नीचे पहुँचकर माँ दरवाज़ा खोल देती है । वह सामने खड़ा है । वही फ़कीर जो रात के वक्त 'पहाड़ डंडे !' चिल्लाता था और मेरा रोम-रोम काँप उठता था । नहीं, यह वह फ़कीर नहीं है । इस आदमी ने तो हरे रंग का चोगा पहन रखा है, और इसके सफ़ेद दाढ़ी है, इसके हाथ में लाठी भी नहीं है, न ही लाठी के सिरे पर जलती आग की लपट ।

"डाल दो बेटा, झोले में डाल दो !" फ़कीर बड़े से झोले का मुँह खोलकर मेरे सामने कर देता है । मैं अपनी जगह से नहीं हिलता । एकटक फ़कीर के चेहरे की ओर देखे जा रहा हूँ ।

"डाल दो, डाल दो, बेटा, डरो नहीं ।" माँ कहती है । "फ़कीर कुछ नहीं कहेगा ।"

मैं आगे बढ़कर आटा और कटोरी दोनों बाबा के झोले में फेंककर माँ से चिपट जाता हूँ । पर मेरा बदन काँपता नहीं । बूढ़ा बाबा हँस देता है, दाढ़ी में उसके पीले-पीले, लंबे-लंबे दाँत नज़र आते हैं । झोले में से कटोरी निकालकर वह मेरी ओर बढ़ा देता है ।

"अल्लाह सलामत रखे, घर भरा रहे !"

"ले लो बेटा, कटोरी ले लो ।" माँ कहती है । मैं बाबा के पीले दाँतों की ओर देखता हुआ कटोरी ले लेता हूँ । मुझे तनिक भी भय नहीं लग रहा है । वह हाथ बढ़ाकर मेरे सिर पर हाथ फेरता है । मेरा बदन फिर भी नहीं काँपता ।

"कुछ सुनाओ बाबा जी !" माँ उससे कहती है ।

और फ़कीर कंधे पर से एक छोटा-सा इकतारा उतारकर उसे कानों के पास ले जाता है, फिर आँखें बंद कर लेता है और सिर टेढ़ा करके गाने लगता है:

कोई दम दा मेला, नगरी में बोलो
अल्लाह दे प्यारे, नगरी में बोलो !
बेपरवाहियाँ तेरियाँ ते तूँ डाढा बेपरवाह !
वगदियाँ नदियाँ थल करें, तू थलों करें दरिया ।
कोई दम दा मेला ।

नगरी में बोलो
मौला दे प्यारे
नगरी में बोलो ![1]

बाबा घूम गया है और धीरे-धीरे चलता हुआ बाएँ हाथ की गली में चला गया है । यह गाना मैं अनेकों बार पहले भी सुन चुका हूँ । यह मुझे कंठस्थ है, मेरे भाई को भी कंठस्थ है, माँ को भी कंठस्थ है, और बहनों को भी, पर इसे गानेवाले फकीर को आज मैंने पहली बार देखा है। हम सीढ़ियाँ चढ़ रहे हैं, और गली में से फ़कीर के गाने की आवाज़ आ रही है :

न कह दुनिया तेरी बंदिया
न कह दुनिया मेरी !
एह दुनिया कुल चार दिहाड़े
अंत खाक दी ढेरी,
ओह कोई दम दा मेला,
नगरी में बोलो !
अल्लाह दे प्यारे !
नगरी में बोलो ![2]

घर में मैं दिन-भर एक कमरे से दूसरे कमरे में घूमता रहता हूँ । यह पुराना 'सुफ़ा' है, यहाँ खाटें-ही-खाटें बिछी हैं । दीवार के साथ लगी खाट पर मैं और भाई सोते हैं । सोने से पहले मैं उससे लड़ता हूँ और उसे चिकोटियाँ काटता हूँ,

---

1. हे अल्लाह के प्यारे, इंसानों की नगरी में जाकर कहो कि यह जीवन दमभर का मेला है । हे भगवान, तू बड़ा बेपरवाह है ! बहती नदियों को तू थल में बदल देता है, और जहाँ थल होता है वहाँ नदियाँ बहने लगती हैं ।
2. मत कहो कि यह दुनिया मेरी है या तुम्हारी है । इस दुनिया में तो तुम्हारा केवल चार दिन का वास है, फिर तो केवल तुम्हारी मुट्ठी-भर राख ही पीछे रह जाएगी । अल्लाह के प्यारे, इंसानों की नगरी में जाकर कहो कि यह संसार केवल दम-भर का मेला है ।

और नाखूनों से उसके हाथ की पीठ छील देता हूँ, और इस तरह दिन-भर की उपेक्षा का बदला चुकाता हूँ। पर वह जवाब में कुछ नहीं कहता। मेरी ओर पीठ फेरकर सो जाता है।

दीवार में लगी यह अलमारी बहनों की है। इसकी ताकियों पर खड़िया-चाक से लकीरें खिंची हैं, और कुछेक अक्षर लिखे हैं, और यह केवल बहनें ही लिख सकती हैं, अलमारी की एक ताकी हमेशा खुली रहती है।

पुराने सुफ़े के पीछे यह छोटी-सी कोठरी 'संध्यावली' कोठरी कहलाती है। यहाँ भी एक अलमारी है, और इस अलमारी में भी किताबें रखी हैं। ये किताबें नहीं वेद हैं। वेद वे होते हैं जिनके ऊपर अख़बार का काग़ज़ चढ़ा रहता है।

दोनों बहनें अलमारी के सामने खड़ी एक-दूसरी से पूछ रही हैं :

"वेद कितने हैं ? चार।"

"वेदांग कितने हैं ? दस।"

फिर बड़ी बहन उँगलियों पर कुछ गिनती हुई बोलती है :

ऋग्वेद वेदणी, वेदणी दा वेदणा,
सामवेद वेदणी, वेदणी दा वेदणा।[1]

"इस तरह आठ बनते हैं, तू कहती है दस हैं ?"

"दस हैं। पंडित जी कहते हैं दस हैं।"

पुराने 'सुफ़े' के एक ओर बहनों की अलमारी के साथ एक और कमरे का दरवाज़ा खुलता है। यह कमरा हमेशा बंद रहता है। इसमें एक बहुत बड़ी अलमारी है जिसमें पेंसिलों का डिब्बा रखा है, और सिरदर्द को दूर करनेवाली मशीन रखी है, और सुनहरे दस्तेवाला चाकू रखा है, जिसे पिता जी देखने के लिए तो हाथ में देते हैं पर फिर कमरा बंद करने से पहले वापस ले लेते हैं।

पुराने सुफ़े में से बाहर आ जाओ तो आंगन है, सामने जंगला है जिसके पास एड़ियाँ उठाकर खड़े हो जाओ तो नीचे झाँक सकते हो, पर अगर थूक फेंको तो पिता जी डाँट देते हैं। नीचे आँगन में खड़े होकर ही पिता जी दही माँगते हैं, "बलदेव की माँ, थोड़ी दही भेज दे, मैं नहा लूँ।"

और माँ रसोईघर में से चलती हुई जंगले पर आ जाती है, "देखो जी, कोई

---

1. ऋग्वेद की एक बेटी और उस बेटी का एक बेटा। सामवेद की एक बेटी और उस बेटी का एक बेटा।

वेला-वक्त देखा करो । मैं खाना परोस रही हूँ और आप नहाने जा रहे हो ।"

"तू हर बात में क्यों टाँग अड़ाती है ? अगर दही है तो भेज दे, नहीं है तो कह दे नहीं है । मैं एक मिनट में नहाकर पहुँचता हूँ ।"

यह 'रनसाज़' की अलमारी है । भाई कहता है, रनसाज़ नहीं, 'रंगसाज़', बोलो रंगसाज़ ! इसके अंदर मैं एड़ियाँ उठाकर भी देखूँ तो भी नहीं देख सकता । जब भी माता जी की चाभियाँ खो जाती हैं तो पिता जी नीचे से पुकारकर कहते हैं, "रनसाज़ की अलमारी में देखो, वहाँ होंगी ।" यही वह रंगसाज़ की अलमारी है, पर एक हरे बदरंग से डिब्बे के अलावा मुझे उसमें कुछ भी नज़र नहीं आता । क्या माता जी की चाभियाँ इसी डिब्बे में रखी रहती हैं, वहाँ कौन डाल जाता है ?

नीचे ही पिता जी का 'दफ़्तर' है । वहाँ पिता जी दिन-भर बैठे रहते हैं और एक उँगली से टाइपराइटर पर टिक-टिक करते रहते हैं, ऐनक चढ़ाए हुए । तुलसी उनके पास जाए तो उसे डाँट देते हैं । दफ़्तर में भी दीवार पर घड़ी लगी है, वह आधा घंटा भी बजाती है, जबकि ऊपर वाली घड़ी आधा घंटा नहीं बजाती, और वहाँ अँगीठी पर एक लंबा काले रंग का कपड़ा बिछा है जिस पर एक के पीछे एक कितने ही मोर खड़े हैं, लाल, पीले, हरे मोर । लगता है एक-दूसरे के पीछे भाग रहे हैं । यहाँ पर भी स्वामी जी की तसवीर है, पर यहाँ स्वामी जी ने कपड़े पहन रखे हैं, ऊपरवाले कमरे में स्वामी जी नंगे बैठे हैं, और उनके पीछे एक शेर भी है और साँप भी, और एक ऐसा जानवर भी है जिसकी शक्ल मेरी चाची के बेटे से मिलती है, और बहन कहती है, "देखा ? स्वामी जी किसी से भी नहीं डरते थे, शेर से भी नहीं, चीते से भी नहीं !"

दफ़्तर के साथ ही एक और कमरा है । वह मुझे बंद करने के लिए है । जब भी मैं कभी गली या सड़क पर 'भैन चोद' शब्द कहता हूँ और तुलसी आकर माँ को बता देता है तो मुझे उस कमरे में बंद कर दिया जाता है । अंदर मैं खिड़की के पास खड़ा बाहर गली में देखता रहता हूँ । फिर माँ आकर दरवाज़ा खोलती है और दोनों घुटनों के बीच मेरा सिर दबोचकर मेरे मुँह में लाल मिर्च की चुटकी डाल देती है, और चुपचाप वापस लौट जाती है । मैं खिड़की के पास ही खड़ा छटपटाता रहता हूँ । कुछ देर तक बंद रहने के बाद मुझे बाहर निकाला जाता है और मैं बाहर निकलते ही भाई को घूँसे मारने लगता हूँ ।

नीचे गुसलख़ाने के पीछे 'गराज' है वहाँ गाय बँधी रहती है । यहाँ तुलसी

गाता है । वह गुसलख़ाने में आकर गाय के लिए 'वंडा'[1] तैयार करता है, और जब उसके बड़े-बड़े हाथों पर भूसे के तिनके चिपक जाते हैं तो वह ऊँची-ऊँची आवाज़ में गाने लगता है ।

"बस कर, बस कर ।" माँ हँसकर उसे कहती है, "उधर धोबी का गधा दम नहीं लेने देता, इधर तू दम नहीं लेने देता ।"

मैं तुलसी की तरह गा नहीं सकता, पर मैं एक और काम कर सकता हूँ । मैं 'तंदूर' के पास जाकर एक खाली कनस्तर उठा लेता हूँ और उसे आँगन के बीचों बीच उल्टा रखकर उसे एक लकड़ी से पीटने लगता हूँ और फिर ऊँची आवाज़ में चिल्लाकर कहता हूँ, "उठो मुसलमानो रोज़े रखो ो ो ो ए !"

टीन बजाने की आवाज़ दूर तक जाती है, मैं इससे उत्साहित होकर और भी ज़ोर से टीन बजाता हूँ और ज़ोर से चिल्लाता हूँ, "उठो मुसलमानो, रोज़े रखो ो ो ो ए !"

फिर पिछवाड़े से किसी औरत की आवाज़ आती है, "अरी लछमी, तेरा बेटा हमें साल-भर रोज़े रखवाता रहता है ।" और हँस देती है । माँ कभी तो चौके में बैठी-बैठी जवाब देती है, कभी उठकर आँगन में आ जाती है और 'तंदूर' पर पैर रखकर दीवार के ऊपर से पड़ोस के घर में झाँकने लगती है । पड़ोसिन और माँ देर तक बतियाती रहती हैं और मैं टीन पीटता रहता हूँ ।

छज्जे पर खड़े होकर बाहर देखो तो सड़क के एक सिरे पर पानी की चरनी नज़र आती है, जहाँ 'छाछी' लोग घोड़ों को नहलाते हैं और मनोहर, इंदर और गिरधारी बर्रें पकड़ते हैं । और सड़क की दूसरी ओर देखो तो आँख कहीं पर भी टिकती नहीं । सड़क का अंत नज़र नहीं आता । मेरी दुनिया चरनी से शुरू होती है और अतरसिंह हलवाई की दुकान तक पहुचकर ख़त्म हो जाती है जहाँ सड़क के किनारे कुछ लोग दरी बिछाकर, कौड़ियों से चौपड़ खेलते हैं । इसके आगे क्या है, मैं कुछ नहीं जानता ।

जब घर के सामने मकान का साया धीरे-धीरे सरकता हुआ सड़क के किनारे जा पहुँचता है तो दोपहर शुरू हो जाती है । माँ छज्जे पर मेरी खाट

---

1. सानी-पानी

बिछा देती है, और मेरे माथे पर हाथ रखकर कहती है, "तू जल्दी ही ठीक हो जाएगा, फिर जी भरकर खेलना ।"

भिश्ती ने चरनी पर से पानी की पहली 'मशक' भर ली है, और उसे पीठ पर लादे, झुका हुआ, एक हाथ से 'मशक' का मुँह दबाए, दूसरे हाथ से पानी को एक रुख थपेड़ा देते हुए सड़क पर छिड़काव करता आ रहा है । सड़क के आधे हिस्से पर एक साया-सा बिछने लगा है, और इसमें से भीनी-भीनी मिट्टी की सोंध आने लगी है । जब मैं बीमार नहीं होता तो भिश्ती के पीछे-पीछे चलता हूँ, यह सोंध सूँघने के लिए । अब भिश्ती मौलवी इसहाक के घर के सामने पहुच गया है, और उसने कमर सीधी कर ली है, और मशक सिकुड़कर उसके कंधों से लटकने लगी है । वह घूमकर फिर चरनी की ओर उसे भरने के लिए ले जा रहा है ।

हमारे घर के ऐन सामने फ़ैज़अली ने ताँगे में से घोड़ा खोल दिया है । ताँगे के बम आकाश की ओर उठ गए हैं, वैसे ही जैसे नमाज़ पढ़ते वक्त मौलवी इसहाक की बाँहें उठ जाती हैं । घोड़े पर अभी भी साज़ पड़ा है, और फ़ैजअली का बेटा, घोड़े को लगाम से पकड़े सड़क के बीचोंबीच ले आया है । साज़ के नीचे घोड़े की पीठ पसीने से काली पड़ गई है और उसमें बार-बार थिरकन होती है । पीठ पर बैठी मक्खियों को उड़ाने के लिए घोड़ा बार-बार दुम हिलाता है, तब भी उसकी पीठ पर लहरें-सी उठती हैं । घोड़ा सड़क के बीचोंबीच अपने-आप चलने लगा है । फ़ैज़अली का बेटा लौटकर घर के अंदर चला गया है । घोड़ा धीरे-धीरे चलता हुआ अतरसिंह हलवाई की दुकान तक जाएगा, फिर अपने-आप मुड़कर फ़ैज़अली की खाट के सामने तक चला आएगा, और फिर से घूमकर सड़क के बीचोंबीच जाने लगेगा । फ़ैज़अली सिर पर से ख़ाकी रंग की पगड़ी उतारकर सड़क के किनारे, अपनी कोठरी के सामने खाट पर बैठ गया है और हुक्के में फूँकें मार-मारकर उसे सुलगा रहा है ।

गिरधारी सामनेवाली गली के सिरे पर आ पहुँचा है और वहाँ ज़मीन में गड़े पत्थर के ऊपर टाँगें लटकाकर बैठ गया है और एक हाथ में 'गुल्ली' पकड़े, दूसरे हाथ में डंडा झुलाता हुआ ऊँची आवाज़ में पुकारने लगा है, "आ गुल्ली डंडे !" यह गुल्ली-डंडा खेलने का न्यौता है, मेरे लिए, मेरे भाई के लिए, महल्ले के अन्य लड़कों के लिए । वह बार-बार पत्थर पर डंडा पटकता है और चिल्लाकर कहता है, "आ गुल्ली डंडे !" खाट पर लेटे-लेटे मैं बार-बार करवटें लेता हूँ ।

चरनी के पास महल्ले के बच्चों का जमघट है । वे चरनी के आसपास गीली

ज़मीन पर बैठे बर्रें पकड़ रहे हैं । इंदर नंगी उँगलियों से बर्रा पकड़ सकता है, उसे पकड़े-पकड़े दूसरे हाथ की दो उँगलियों से उसका डंक निकाल लेता है, फिर उसकी टाँगों के साथ धागा बाँध उसे उड़ाने लगता है । बर्रा थोड़ा-सा ऊँचा उठकर नीचे गिर जाता है, पतंग की भाँति आसमान तक नहीं पहुँच सकता ।

सामनेवाली गली में से, जहाँ गिरधारी बैठा गुल्ली-डंडा का न्यौता दे रहा है, एक बुर्केवाली औरत, गली पार करके सड़क पर आ गई है । गली में से निकलते ही उसने चेहरे पर बुर्क़ा गिरा लिया है और अब सड़क लाँघने लगी है । सड़क पार करके वह हमारे घर की बग़लवाली गली में घुस जाएगी, और घुसते ही चेहरे पर से बुर्क़ा उतार देगी । बुर्केवाली सभी औरतें ऐसा ही करती हैं । सड़क पर चलती हैं तो बुर्क़ा गिरा देती हैं । गली में चलती हैं तो बुर्क़ा उठा लेती हैं ।

हमारे घर की बग़ल में, सड़क के किनारे ताँगेवान 'छाछियों' के पाँच घोड़े बँधे हैं । महल्ले में जगह-जगह घोड़ों से अलग किए हुए ताँगे खड़े हैं । उनके बम ऊपर को उठे हैं, मौलवी इसहाक की बाँहों की तरह । लँगड़े बाबा नूरू की कोठरी के सामने रोज की तरह खाटें बिछ गई हैं, फतहख़ान, जिलानी, करमख़ान, महम्मद दीन महल्ले में बड़ी उम्र के सभी ताँगेवान, बैठे बातें कर रहे हैं । गली के नल के पास बैठा फ़तहदीन हुक्के का पानी बदल रहा है, पानी पहले गँदला-गँदला, फिर पीले रंग का और अब साफ़, निकलने लगा है । वह हुक्के की नली में इतने ज़ोर से फूँक मारता है कि उसके गाल फूल जाते हैं और माथे की नसें उभर आती हैं । मेरे गाल कभी भी इतने ज़्यादा नहीं फूल सकते । मैं मुँह पर हाथ की पीठ रखकर फूँक मारता हूँ, पर न तो गाल फूलते हैं, न माथे की नसें उभरती हैं । ताँगेवालों की खाटों के पास, नाली के निकट बैठा करमख़ान का बेटा मिट्टी की डोली में गुड़ का शरबत घोल रहा है । छाछी लोग मिट्टी की छोटी-छोटी रिकाबियों में शरबत पिएँगे, और एक ही हुक्के पर बारी-बारी से कश लगाएँगे और अँधेरा पड़ने तक धीरे-धीरे बतियाते रहेंगे ।

सूबेदार जलालख़ान का बेटा नवाबख़ान गली में से बाहर निकल आया है सड़क के बीचोंबीच टहलने लगा है । वह रोज इस वक्त सड़क पर टहलता है । माँ कहती है, चहलकदमी करता है । उसकी सफ़ेद पगड़ी का तुर्रा हवा में लहरा रहा है, सफ़ेद रंग की ही मरमराती सलवार पहने हुए है और नीचे काले रंग के चमचमाते जूते हैं । वह भी फ़ैज़अली के घोड़े की तरह चरनी से अतरसिंह की

दुकान तक और फिर लौटकर चरनी तक टहलता है । पर वह अकड़कर धीरे-धीरे चलता है और अपनी काली-काली मूँछों को मरोड़ता है । अभी-अभी उसका कोचवान ताँगा जोतकर हमारे घर के सामने लाएगा । उस जैसा ताँगा महल्ले-भर में किसी के पास नहीं है, वह बहुत चमकता है। काले रंग का ताँगा है और उस पर सफ़ेद धारियाँ खिची हैं और घोड़े के सिर पर ऊँची कलग़ी है और घोड़े की पीठ पर काले रंग का साज़ चमकता है । ताँगे की छत भी उतार दी जाती है । ताँगे के चाबुकदान में रखी चाबुक ऊपर से पतली है जिससे उसका ऊपर का सिरा ख़म खाकर नीचे की ओर झुक गया है । भाई कहता है, यह चाबुक नहीं, हंटर है । सूबेदार का बेटा लगाम हाथ में पकड़े कूदकर ताँगे की अगली सीट पर बैठ गया है । चाबुक की नोक और उसकी पगड़ी का तुर्रा दोनों हवा में ऊँचे उठे हुए हैं। कोचवान पिछली सीट पर बैठ गया है । गर्दन ऊँची किए घोड़ा, सड़क पर पैर पटकता हुआ आगे बढ़ने लगा है । लँगड़े बाबा नूरू के पास बैठे सभी लोग गर्दन घुमाकर उसकी ओर देखते हैं । नवाबख़ान से महल्ले के सभी लोग डरते हैं । वह सहसा ही किसी-न-किसी को पकड़कर पीट देता है ।

"आ गुल्ली-डंडे !"

गिरधारी अभी भी पुकार रहा है ।

बाएँ हाथ, चरनी के पास, भागती गायों का एक रेवड़, मोड़ काटकर भागता हुआ महल्ले में दाख़िल हो गया है । रेवड़ के पीछे-पीछे लाठी उठाए, महमूदा भागता चला आ रहा है । कभी एक गाय की पीठ पर तो कभी दूसरी गाय की पीठ पर, अपनी उड़ती लाठी जमाता आ रहा है । उसके कुर्ते के बटन छाती पर से सदा खुले रहते हैं, जिससे उसका गोरा-चिट्टा बदन दूर से नज़र आ जाता है ।

छज्जे के एक सिरे पर दोनों बहनें खड़ी हैं । ये कब आईं ? उन्हें देखकर मैं घबरा जाता हूँ । वे कब से यहाँ खडी हैं ? वे मेरे साथ बात नहीं करतीं, आपस में खुस-फुस करती रहती हैं । पर मैं जानता हूँ, वे क्या बातें कर रही हैं । हमारे घर के सामने, दो घर छोड़कर सुरस्ती का घर है । सुरस्ती मेरी बहनों की सहेली है । जब मैं बीमार नहीं होता तो बहनों के कहने पर मैं सुरस्ती को बुलाने जाता हूँ ।

इतने में पीछे से बोझल कदमों की आवाज़ आती है । पिता जी थर्मामीटर लिए छज्जे पर आ गए हैं । मेरा दिल धक्-धक् करने लगा है । मेरे मुँह में

थर्मामीटर रखते हुए उनकी नज़र बहनों पर पड़ जाती है ।

"विद्या-विमला !" वह कड़ककर कहते हैं । मेरे मुँह में लगा थर्मामीटर लरज़ जाता है । "यहाँ खड़ी क्या कर रही हो ? तुम्हें मना जो किया है, छज्जे पर मत आया करो ।"

दोनों बहनें सिर झुकाए वहाँ से भाग जाती हैं । बहनें छज्जे पर नहीं आ सकतीं । पुराने 'सुफे' और नए 'सुफे' की खिड़कियों में से भी बाहर नहीं देख सकतीं । और घर की छत पर भी नहीं खड़ी हो सकतीं । और, अगर ज़ोर से हँसें तो पिता जी डाँट देते हैं, "विद्या-विमला ! ख़बरदार जो तुम्हारी आवाज़ सुनाई दी । चुपचाप आराम से बैठो ।"

और विद्या-विमला फ़ौरन चुप हो जाती हैं । पर मैं जानता हूँ, वे अपनी हँसी कभी भी नहीं रोक सकतीं । छोटी बहन विमला कम हँसती है, पर बड़ी बहन विद्या तो सारा वक्त हँसती रहती है । जब भी तुलसी उनके सामने आ जाए तो, दोनों खिलखिलाकर हँसने लगती हैं ।

तुलसी का और हमारा चौबीस घंटे का साथ है । दोपहर को पंडित जी पढ़ाने आते हैं तो वह सारा वक्त दहलीज़ पर बैठा रहता है । शाम को मकान की छत पर भाई तीर-कमान का खेल खेलता है तो वह भी हमारे साथ तीर-कमान चलाता है । घर के सामने सड़क के किनारे 'नेज़ा-बाज़ी' खेलते हैं तो वह भी नेज़ा-बाज़ी खेलता है । (भाई ने लाठी के सिरे पर कील गाड़कर नेज़ा बना लिया है । कील की नोक बाहर की तरफ़ है । हाथ में नेज़ा उठाए, तुलसी चरनी के पास से भागता हुआ आता है, घर के नज़दीक पहुँचकर वह ऊँची आवाज़ में 'या अली !' पुकारता है, लाठी को हवा में झुलाता है । सारा वक़्त उसकी चुटिया सिर पर नाचती रहती है । फिर वह कीलवाले सिरे को आगे बढ़ाकर निशाना साधता है । निशाने के लिए, घर के सामने, ईंट के सहारे एक उपला रखा गया है । निशाना ठीक बैठे तो नेज़ा उपले को बेधकर निकल जाता है । कभी-कभी उपला इस कील में अटक जाता है, तो नेज़ाबाज़ विजयी योद्धा की तरह उसे हवा में झुलाता हुआ अपने अड्डे पर आ जाता है ।) भाई गोंद में बुगदा मिलाकर छापाख़ाना बनाता है, तो तुलसी और मैं कोयला पीसकर प्रेस के लिए रोशनाई तैयार करते हैं । तुलसी हमारे साथ हो तो महल्ले-भर में किसी की हिम्मत नहीं कि हमारे साथ झगड़ा कर सके । वह सीधा छाती में टक्कर मारता है और दाँतों से बाज़ू काट लेता है । "यह तो वहशी है," माँ हमेशा कहा करती है, "यह

कोई आदमी है, यह तो 'डंगर' है ।" बहनें सारा वक्त उसकी बातों पर हँसती रहती हैं ।

"गाँव में हम दाल से सिर धोते हैं," रसोईघर की दहलीज़ पर बैठा तुलसी अपनी खरज आवाज़ में कह रहा है । बहनें एक-दूसरे की ओर देखकर हँस देती हैं । फिर विद्या चुपके-से उठकर रसोईघर के अंदर चली जाती है और बासी दाल का पतीला उठा लाती है और सीधा तुलसी के सिर पर उँडेल देती है, "धो सिर, तुलसी !"

और दाल चूकर उसके कानों के पास से बहने लगी है, "कैह करने ओं ?" वह कहकर उछलता है और दोनों बहनें फ़र्श पर हँसी से लोटपोट होने लगती हैं ।

तुलसी से जुड़े अनेक दृश्य आँखों के सामने घूमने लगे हैं । तुलसी सामनेवाली गली में से भागता हुआ आ रहा है । उसके कुर्ते पर जगह-जगह खून की छींटें है और माथे पर से खून बह-बहकर मुँह और गर्दन पर गिर रहा है । गली के सिरे तक अभी नहीं पहुँच पाया, जब पीछे से एक उड़ता हुआ पत्थर उसकी पीठ पर लगता है । तुलसी कुछ ही क़दम आगे बढ़ पाया है जब एक के बाद एक, दो पत्थर उड़ते हुए आते हैं और एक सीधा उसकी पीठ पर लगता है । तुलसी का हाथ सीधा पीठ पर गया है और बदन तन गया है । तुलसी ज़मीन पर से एक पत्थर उठा लेता है और घूमकर गली के अंदर फेंकता है और दूसरा पत्थर फेंकने से पहले भागता हुआ गली के अंदर चला जाता है और आँखों से ओझल हो जाता है ।

"यहाँ रोज यही हाल है," छज्जे पर खड़ी माँ बड़बड़ाकर कह रही है, "यह तो वहशी है, हर किसी के गले पड़ेगा, पर तुम्हारे पिता जी से कोई पूछे ।"

पिता जी पीछे रसोईघर के पास खड़े तौलिए से मुँह पोंछ रहे हैं । "क्या बात है ?" वे पूछते हैं ।

"देखो जी, कुछ तो सोचा करो । आसपास सब मकान बन गए हैं । तुलसी रफ़ा-हाजत के लिए जाए तो कहाँ जाए । रोज मार-पिटाई होती है ।"

"हुआ क्या है ?"

"देखो जी, तुलसी रफ़ा-हाजत के लिए पीछे कब्रिस्तान में जाता है, अँधेरे में चला जाए तो कोई नहीं देखता, पर देर-सवेर हो जाए तो उसे पत्थर मार-मारकर उठा देते हैं । जहाँ घर के सब लोग जाते हैं, वहाँ यह भी चला

जाया करे, रोज का झगड़ा तो ख़त्म हो ।"

"तो यह जल्दी क्यों नहीं जा सकता ?" पिता जी बड़बड़ाकर कहते हैं, "यह खाता बहुत है, आठ-आठ रोटियाँ खा जाता है । ये लोग गंदे होते हैं ।" पिता जी कहते हैं । पिता जी को तुलसी का रफ़ा-हाजत के लिए 'ऊपर' जाना बहुत बुरा लगता है । अंत तक वह इस स्थिति को स्वीकार नहीं कर पाए कि तुलसी उसी शौचालय का इस्तेमाल करे जहाँ घर के सभी लोग जाते हैं ।

छत पर खेलते खेलते हम तीनों रुक गए हैं और पहाड़ी की ओर देखने लगे हैं । हमारे घर के बाईं ओर, कुछ दूरी पर एक पहाड़ है, जो कभी नीला लगता है, कभी हल्का लाल । आज बारिश होकर हटी है, इसलिए वह बहुत साफ़ दिखाई दे रहा है । एक-एक चीज़ निखर आई है । पेड़ तक अलग-अलग दिखाई देते हैं और बड़ी-बड़ी चट्टानें भी साफ़ दिखाई देती हैं । बेशुमार कौवे उधर से उड़-उड़कर शहर की ओर आ रहे हैं । हर रोज ऐसा ही होता है । सुबह-सवेरे वे उड़ते चले आते हैं, और शाम पड़ते ही लौट जाते हैं ।

"इस पहाड़ के पीछे क्या है ?" भाई पूछता है ।

मैं भाई की ओर देखता हूँ । "इस पहाड़ के पीछे कुछ भी नहीं ।" मैं कल्पना भी नहीं कर सकता कि पहाड़ के पीछे भी कुछ हो सकता है ।

"पहाड़ के पीछे विलायत है ।" वह कहता है । तुलसी और मैं भाई के चेहरे की ओर देख रहे हैं । फिर तुलसी सिर हिला देता है, "नहीं जी, इस पहाड़ के पीछे रूमली है ।" वह कहता है ।

"रूमली क्या ?"

"रूमली, मेरा गाँव ।" और सहसा तुलसी घुटनों के बीच सिर रखकर फफक-फफककर रोने लगता है ।

मैंने रूमली नहीं देखा । पर मैंने तुलसी के चाचा को देखा है, जो कभी-कभी रूमली से आता है । तुलसी का चाचा बहुत पतला-सा है और लंबा है, और उसकी मूँछें लाल रंग की हैं । मैंने तुलसी के छोटे भाई को भी देखा है, वह भी रूमली से कभी-कभी आता है । बहनें उसका भी मज़ाक उड़ाती हैं और कोई-न-कोई चीज़ छिपा देती हैं । रूमली से और कोई नहीं आता । यही लोग आते हैं और चले जाते हैं ।

हम तीनों सीढ़ियाँ चढ़कर ऊपर आए हैं । रंगसाज़ की अलमारी के पास दोनों बहनें कंधे-से-कंधा जोड़े खड़ी हैं और रोए जा रही हैं । घर-भर में चुप्पी छाई है । न लस्सी बिलोने की आवाज़, न चटनी कूटने की आवाज़ ।

"क्या हुआ है ?" भाई छोटी बहन से पूछता है । वह और भी ज़ोर-ज़ोर से रोने लगती है । पर बड़ी बहन धीरे से कहती है, "पिता जी को एक आदमी ने पीटा है । उनकी उँगली तोड़ दी है ।"

बात मेरी समझ में नहीं आती, पर दिल धक्-धक् करने लगता है । हम तीनों दबे-पाँव पुराने सुफ़े में जाते हैं । खिड़कियों के आगे बिछे पलँग पर पिता जी टाँगें नीचे लटकाए बैठे हैं, माँ उनके पास पलँग पर पालथी मारे बैठी है और उन्हें पंखा कर रही है ।

मैं चलता हुआ सीधा पिता जी के सामने जा खड़ा होता हूँ । पिता जी आँखें ऊपर उठाकर मेरी ओर देखते हैं और हल्के से मुस्करा देते हैं । उनके हाथ की एक उँगली पर मोटी-सी पट्टी बँधी है । मैं उँगली की ओर देखे जा रहा हूँ । पिता जी धीरे से कहते हैं, "मुझे चोट लगी है ।"

मैं अवाक् उनके चेहरे की ओर देखे जा रहा हूँ । मुझे मालूम नहीं था कि पिता जी को भी कभी चोट आ सकती है ।

पिता जी ने फिर मेरी ओर देखा और मुस्कराकर कहते हैं, "मेरी उँगली एक आदमी ने मरोड़ दी है । वह मुझसे लड़ने लगा और मेरी उँगली मरोड़ दी ।"

पिता जी की भी कोई उँगली मरोड़ सकता है, इसकी कल्पना कर पाना मेरे लिए कठिन है । घर में वह सबसे ऊँचे-लंबे हैं, और हमेशा डाँटकर बोलते हैं । पिता जी ने उसे डाँट क्यों नहीं दिया ? डाँट देते तो वह अपने-आप उँगली छोड़ देता !

"कहाँ बैठता है यह छाबड़ीवाला ?" माँ पूछती है ।

"गुरुकुल समाज के सामने ।"

"एक खीरा कम मिल जाता तो क्या था ? आपकी बला से । यह नहीं मानता था तो कहना था, ले फिर तोल ले ।" माँ बुदबुदाती है ।

पिता जी पहले की तरह सिर झुकाए बैठे हैं । उनका चेहरा पीला पड़ गया है । मैं सहमा-सहमा उनके चेहरे की ओर देखता रहता हूँ, पर मेरा मन उस अज्ञात आदमी के प्रति गुस्से से भर उठा है । मन चाहता है भागकर जाऊँ उस आदमी को पीट दूँ, उसके बाल पकड़कर खींच दूँ और वह चीख़ता रह जाए,

पगड़ी जमीन पर फेंक दूँ ।

"'लेटी' लाऊँ ?" माँ आगे झुककर पिता जी से पूछती है, "थोड़ी लेटी खा लो ।"

पिता जी चुपचाप सिर हिला देते हैं ।

"तुलसी कहाँ है ?" माँ पूछती है और सहसा घबरा जाती है, "तुलसी कहाँ है ? आपने उसे कहीं भेजा है जी ?"

तुलसी हमारे साथ ही ऊपर आया था । पर अब वह कमरे में नहीं है ।

"नहीं, मैंने कहीं नहीं भेजा ।" पिता जी सिर हिलाकर कहते हैं ।

"विद्या !" माँ पुकारती है । "जा तो देख तुलसी कहाँ है, नीचे कहीं बैठा होगा । उसे कहीं जाने नहीं देना ।"

माँ उत्तेजित हो उठी है । बड़ी बहन भागती हुई नीचे चली गई है । छोटी बहन दहलीज़ पर आकर खड़ी हो गई है । वह अभी भी धीरे-धीरे रो रही है ।

"छज्जे पर होगा ।" भाई कहता है और तुलसी को छज्जे पर देखने चला जाता है ।

तुलसी घर में कहीं नहीं है । माँ दाँतों तले जीभ काटकर बार-बार सिर हिलाती है । "मेरा दिल कैसे धक्-धक् कर रहा है," वह कहती है, "यह कोई आफ़त लाएगा । देख विद्या, मेरा दिल धड़क रहा है ।" और माँ विद्या का हाथ पकड़कर अपने दिल पर रखती है ।

"देखा ?"

"हाँ, माता जी ।"

विद्या हाथ हटाती है तो मैं माँ के दिल पर हाथ रख देता हूँ । मगर, मेरा हाथ किसी धड़कन को महसूस नहीं कर पाता ।

"जाओ, खेलो, मुझे कुछ नहीं हुआ है ।" पिता जी मुझसे कहते हैं, और साथ ही मेरे भाई-बहनों को भी प्यार से बाहर भेज देते हैं ।

घर-भर में मुर्दनी छाई है । पिता जी कमरे में से नहीं निकलते । बाहर आकर मैं पंडित जी का काम करने बैठ जाता हूँ और बार-बार दरवाज़े के पीछे से झाँककर पिता जी की ओर देख लेता हूँ । कभी तो वह लेटे-लेटे छत की ओर ताक रहे हैं, कभी पट्टीवाला हाथ उठाकर उसे देखने लगते हैं ।

माता जी बाहर आ गई हैं और दही बिलोने के लिए बैठ गई हैं । दोनों बहनें रसोईघर के बाहर गुम-सुम बैठी हैं । धूप तेज़ होने लगी है, और मैं दरवाजे की

ओट से हटकर नए सुफ़े के सामने आकर बैठ गया हूँ । लगता है कि पिता जी सो गए हैं ।

"तुलसी आया है ! तुलसी आ रहा है ।" कुछ देर बाद भाई छज्जे की ओर से दौड़ता हुआ आकर कहता है ।

मैं तख़्ती फेंककर छज्जे की ओर भागता हूँ । दोनों बहनें भी लपककर छज्जे की ओर जाती हैं ।

"तुम मत जाओ विद्या-विमला, इधर बैठो ।" माँ ने बहनों को रोक दिया है । छज्जे पर से तुलसी हमें नज़र नहीं आ रहा है । हम दोनों भाई भागकर अंदर आ जाते हैं और सीढ़ियों की ओर लपकते हैं । तुलसी धीरे-धीरे दीवार पकड़कर सीढ़ियाँ चढ़ रहा है । लगता है जैसे बीमार है । तुलसी एक हाथ में दो खीरे उठाए हुए है ।

ऊपर आकर तुलसी चुपचाप रसोईघर की दहलीज़ पर सिर पकड़कर बैठ जाता है । तुलसी की आँखें सूजी हुई हैं और माथे पर भी गूमड़-सा उभर आता है । माँ ने जीभ फिर दाँतों तले दबा ली है और बार-बार सिर हिलाने लगी है, "मुझे इसी बात का डर था ।" फिर लस्सी बिलोने की दोनों गिट्टियाँ घुटनों पर रखकर कहती है, "तुझे वहाँ जाने को किसने कहा था ? तूने घर के बाहर क़दम क्यों रखा ?"

तुलसी अभी भी दहलीज़ पर गुमसुम दोनों हाथों में सिर पकड़े बैठा है । उसे यों बैठे देखकर दोनों बहनों की हँसी फूटने लगती है ।

"बेचारा !" छोटी बहन धीरे से कहती है और अपनी हँसी दबाने के लिए दाँतों में उँगली दबा लेती है । "हाय विद्या, चुप कर, पिता जी सुन लेंगे ।" क्षण-भर के लिए दोनों चुप हो जाती हैं पर सहसा फिर हँसी का फ़व्वारा छूट पड़ता है और दोनों एक-दूसरी पर गिरती हुई हँसी से लोट-पोट होने लगती हैं ।

सूजी हुई आँखों पर से हाथ हटाकर तुलसी बहनों की ओर देखता है, और फिर झट-से बोल उठता है : "उसके दाँत से भी ख़ून बह रहा है । वह तीन थे मैं अकेला था । मैंने उसकी छाती में टक्कर मारी है, और बाज़ू में दाँत गाड़े हैं, याद करेगा, मैंने उसकी उँगली भी मरोड़ी है ।"

बहनें चुप हो जाती हैं । मैं दिल-ही-दिल में ख़ुश हूँ कि वह पिता जी की उँगली मरोड़नेवाले से बदला ले आया है ।

"मैं उसके दो खीरे भी उठा लाया हूँ ।" वह बहनों को संबोधन करके

कहता है । "पहले मैंने चार खीरे उठाए थे, फिर वह मेरे पीछे भागा तो मैंने दो नाली में फेंक दिए," तुलसी के मुँह पर हल्की-सी मुस्कान आ गई है । "अगली बार उसने पिता जी की उँगली मरोड़ी तो मैं उसका कान काट लूँगा ।"

"बस बस, चुप कर, तू तो वहशी है ।" माँ कहती है । "उठ विद्या चूल्हे पर से लेटी उतार ले और तुलसी को कटोरी में डालकर दे दे ।"

"पर माता जी, वह तो पिता जी के लिए है ।"

"कोई बात नहीं, आधी इसे कटोरी में डालकर दे दे ।"

तुलसी मेरी नज़रों में बहुत ऊँचा उठ गया है । वह मुझे बहुत बहादुर लगाने लगा है । वह पिता जी के दुश्मन को पीटकर ही नहीं आया, उसके खीरे भी उठा लाया है ।

माँ दोनों खीरे उठाकर पिता जी को दिखाने पुराने सुफ़े की ओर चली गई है । पर दरवाज़े पर से ही अंदर झाँककर लौट आई है । घर का वातावरण कुछ हल्का हो गया है ।

थोड़ी देर बाद तुलसी हम दोनों भाइयों को लड़ाई के दाँव-पेंच समझा रहा है : "सबसे पहले सीधी छाती में टक्कर मारो, फिर उसके साथ चिपक जाओ । दुश्मन कुछ नहीं कर सकता । बालों से कभी मत पकड़ो । बालों से पकड़ोगे तो वह हाथ बढ़ाकर तुम्हारी चुटिया पकड़ लेगा । फिर क्या करोगे ? सबसे पहले टक्कर मारो, सीधी उसकी छाती में टक्कर मारो और उसके बाजू में दाँत गाड़ दो । दुश्मन कुछ नहीं कर सकता ।"

भाई सिर हिलाकर कहता है : "राजपूत ऐसे ही लड़ते थे, पर उनके पास ढाल-तलवार भी होती थीं ।" भाई के पास 'राजपूत जीवन संध्या' नाम की किताब है । उसमें से उसने बहुत कुछ पढ़ा है । "पर वे पीछे से कभी नहीं मारते थे । और अगर दुश्मन गिर पड़े तो भी नहीं मारते थे ।"

"क्या वे सिर से टक्कर मारते थे ?" तुलसी पूछता है ।

"मुझे नहीं मालूम ।" भाई देर तक तुलसी के चेहरे की ओर देखते रहने के बाद कहता है । "किताब में नहीं लिखा है ।"

ज़रूर टक्कर मारते होंगे ।" तुलसी बल देकर कहता है । "उनके सिर पर बाल होते थे ?"

"मुझे नहीं मालूम ।" भाई फिर तुलसी के चेहरे की ओर देखकर कहता है, "किताब में नहीं लिखा है ।"

नीचे दरवाज़ा खटकने की आवाज़ आती है ।

"जाओ तुम्हारे पंडित जी आए हैं ।" विद्या बड़े भाई की ओर देखकर कहती है । "जाओ तुलसी, उन्हें दरवाज़ा खोलो ।"

"बैठा रहने दे तुलसी को," माँ बीच में बोलकर कहती है, "उठ बलदेव, जाओ नीचे दफ़्तर में जाकर पढ़ो ।"

मैं यह कहने के लिए मुँह खोलता हूँ कि मेरे पेट में दर्द है, पर जानता हूँ कि माँ नहीं मानेगी और दोनों बहनें हँसने लगेंगी, इसलिए चुपचाप उठकर भाई के पीछे-पीछे हो लेता हूँ ।

हम दोनों भाई दरी पर बैठ गए हैं । पंडित जी हमारे सामने कुर्सी पर बैठ गए हैं और एक टाँग कुर्सी की सीट पर चढ़ा ली है । मेरी आँखें पंडित जी के पतले, फड़फड़ाते होंठों पर टिक गई हैं, जिनके पीछे किसी-किसी वक्त उनके छोटे-छोटे घिसे-कुतरे दाँत झलक दे जाते हैं । पंडित जी होंठों को सदा आगे की ओर बढ़ाकर बात किया करते हैं । पढ़ाते वक्त वह सिर पर से पगड़ी उतार देते हैं जिससे वह सहसा बहुत छोटे लगने लगते हैं ।

"मुझे कुल मिलाकर ग्यारह रुपए तनख्वाह मिलती है ।"

पंडित जी हर दूसरे-तीसरे दिन यह वाक्य दोहरा दिया करते हैं ।

"श्लोक याद किए हैं ?" पंडित जी भाई से पूछते हैं ।

"मा भ्राता भ्रातरं द्विक्षन, मा स्वसारमुत स्वसा ···"

बलदेव झट से सुना देता है ।

"क्या अर्थ है ?"

"भाई भाई से द्वेष नहीं करे, बहन बहन से द्वेष नहीं करे ···"

"शाबाश ! तुम दोनों भाई एक थाली में खाना खाते हो ?"

"जी !" भाई कहता हैं ।

"एक खाट पर सोते हो ?"

"जी !"

"एक साथ खेलते हो ?"

"जी !"

"और चलते कैसे हो ? साथ-साथ या आगे-पीछे ?"

प्रश्न भाई की समझ में नहीं आया । मेरी समझ में भी नहीं आया । पंडित जी भाई को संबोधन करके कहते हैं, "तुम आगे-आगे चला करो, तुम्हारा छोटा

भाई पीछे-पीछे चला करे । राम-लक्ष्मण ऐसे ही चला करते थे ।"

"यह मुझे कचोटियाँ काटता है ।" भाई शिकायत करता है ।

पंडित जी की छोटी-छोटी आँखें मेरे चेहरे पर स्थिर हो गई हैं ।

"तुम बड़े भाई को कचोटियाँ काटते हो ?"

मैं चुप रहता हूँ ।

"तुम्हारा छोटा भाई बड़ा दुष्ट है, इसीलिए दुबला है । सदाचारी लड़के स्वस्थ होते हैं ।" यह कहते हुए पंडित जी दीवार पर लगी एक सूची की ओर इशारा करते हुए भाई से कहते हैं, "इसे पढ़ो ।"

हर तीसरे-चौथे दिन पंडित जी यह सूची बड़े भाई से पढ़वाते हैं । हम दोनों को यह सूची कंठस्थ है ।

"सादापन जीवन, सजावट मृत्यु है ।"

"क्या मतलब ?"

"मतलब है सिर पर बाल नहीं रखने चाहिए ।" भाई झट से बोलने लगता है, "मूँछें नहीं मुड़ानी चाहिए । आजकल लोग मूँछें मुड़ा देते हैं, सिर पर लंबे-लंबे बाल रखते हैं । यह मृत्यु है ।" भाई को पंडित जी द्वारा बताए गए उत्तर कंठस्थ हैं ।

"आगे पढ़ो ।"

"सदाचार जीवन, दुराचार मृत्यु है ।"

"क्या मतलब ?"

इस बीच तुलसी रोज की तरह चुपचाप आकर दहलीज़ पर बैठ गया है । हम तीनों की आँखें पंडित जी के चेहरे पर लगी है : "इसका मतलब है स्त्रियों के पैरों की तरफ़ देखना चाहिए, चेहरे की तरफ़ नहीं देखना चाहिए ।"

"दुराचार क्या होता है ?"

"दुराचार है पेशाबवाली जगह को हाथ लगाना । गाली देना भी दुराचार है ।" भाई कहता है । "पर पंडित जी, मेरा छोटा भाई भी पेशाबवाली जगह को हाथ लगाता है ।"

पंडित जी की छोटी-छोटी आँखें खुलकर बड़ी हो गई हैं और मेरे चेहरे को देखे जा रही हैं । वह बहुत ही धीमी आवाज़ में मुझसे पूछते हैं :

"क्या, तुम सचमुच पेशाबवाली जगह को हाथ लगाते हो ?"

"जी," मैं सिर हिलाकर कहता हूँ, "मैं उसे लंबा भी कर सकता हूँ ।"

पंडित जी की टाँग सहसा कुर्सी पर से नीचे उतर आई है और मेरे मुँह पर तड़ाक से थप्पड़ पड़ा है, जिससे मेरा सिर घूम गया है।

"पापी ! दुष्ट ! यह लड़का बहुत बुरा है।"

"मुझे अभी भी कुछ नहीं सूझ रहा है। लगता है जैसे आसपास की सभी चीज़ें टेढ़ी होकर हिलने लगी हैं।

"यह बहुत बुरा काम है। इससे पेशाबवाली जगह में कीड़े पड़ जाते हैं और हाथों में भी कीड़े पड़ जाते हैं। समझे ?"

मेरी समझ में अभी भी कुछ नहीं आ रहा है। मैं डर गया हूँ और पंडित जी की छोटी-छोटी नुकीली आँखों की ओर देखे जा रहा हूँ। गाल पर लगे थप्पड़ का दर्द बहुत कुछ जाता रहा है। पंडित जी की पथराई आँखों को देखकर सहम-सा गया हूँ, वैसे ही जैसे पिता जी के डाँटने पर सहम जाता हूँ।

"किताब खोलो," पंडित जी भाई से कहते हैं।

भाई बस्ते में से किताब निकाल लेता है।

"पढ़ो।"

भाई पढ़ने लगता है,

"सुतं पतन्तं प्रसमीक्ष्य पावके
न बोधयामास पतिं पतिव्रता ..."

तुलसी अभी भी घुटने पर ठुड्डी रखे बराबर सुने जा रहा है और होंठों में गुनगुनाए जा रहा है।

"अब अर्थ करो।" पंडित जी कहते हैं, और तुलसी को संबोधन करके कहते हैं।

"अभी तक लस्सी नहीं लाए, तुलसी ?"

जब पंडित जी लस्सी पीते हैं तो पढ़ाई थोड़ी देर के लिए रुक जाती है। इससे मुझे असीम संतोष मिलता है। भाई श्लोक का अर्थ बोलने लगा है, पर मैं अभी भी पंडित जी के चेहरे की ओर देखे जा रहा हूँ। आज इन्हें माँ डाँट दे, लस्सी नहीं भेजे तो मज़ा आ आए, मैं मन-ही-मन कहता हूँ।

"बेटे को ... आग में ... गिरता देखकर भी पतिव्रता स्त्री ने अपने पति को नहीं जगाया ..."

तुलसी लस्सी का गिलास ले आया है।

"आज मक्खन नहीं डाला तुलसीराम ?" पंडित जी मुस्कराकर धीरे से

कहते हैं, वैसे ही जैसे वह पिता जी से पैसे माँगते वक्त कहते हैं ।

''माता जी डालना भूल गईं । अभी ला देता हूँ ।'' और वह उन्हीं क़दमों लौट जाता है ।

पंडित जी घूँट-घूँट करके लस्सी पी रहे हैं । मेरी आँखें उनके गले में उठते-गिरते टेंटुए पर लगी हैं, और मैं एकटक उसे देखे जा रहा हूँ । पंडित जी बड़े भाग्यवान हैं, उनके पास इतना बड़ा टेंटुआ है, मेरे पास नहीं है । पर भाई के पास भी तो नहीं है, यह जानकर मुझे संतोष होता है । टेंटुआ बराबर ऊपर-नीचे चल रहा है ।

ऊपर जंगले के पास माता जी के बड़बड़ाने की आवाज़ आ रही है :

''खाली लस्सी पिए तो मुए के पेट में शूल उठता है । इसे रोज मक्खन भी चाहिए । उँ··· जा, ले जा 'सरपोस' में से ।''

पंडित जी आँखें बंद किए लस्सी के घूँट भर रहे हैं । फिर मक्खन के इंतज़ार में वह आँखें खोलकर हमारी ओर देखते हैं ।

''पेट में बत्तीस खाने होते हैं ।'' वह कह रहे हैं, ''हर रोज का भोजन अलग ख़ाने में जाता है । आज का भोजन आज के खाने में जाएगा ।''

कह चुकने पर पंडित जी अपनी छोटी-छोटी आँखें बंद कर लेते हैं और सिर हिलाते हैं । ऐसे वाक्य कहते समय वह हमेशा आँखें बंद करके सिर हिलाते हैं ।

''जैसे कुएँ की माल पर लगे लोटे होते हैं, बारी-बारी से वह भरते और खाली होते रहते हैं, वैसे ही !···''

पंडित जी ने फिर आँखें बंद करके सिर हिलाया है ।

तुलसी कटोरी में मक्खन ले आया है । पंडित जी ने उसे लस्सी के गिलास में डाल लिया है और एक-एक घूँट के साथ अपनी काली-काली उँगलियों से उसे पकड़कर मुँह में डाल रहे हैं । मैं सोच रहा हूँ कि टेंटुए के ऐन नीचे वह खाना होगा जिसमें लस्सी और मक्खन गिर रहे हैं ।

पर मेरी आँखें पंडित जी के टेंटुए से हटकर उनके चौड़े नथने पर चली गई हैं जिसके पीछे उनके नाक की हड्डी बिलकुल बैठी हुई है । सहसा मैं चहककर पूछता हूँ, ''पंडित जी, आपके नाक पर से रेलगाड़ी गुज़री थी ?''

लस्सी का गिलास हवा में रुक गया है । पंडित जी की टाँग फिर कुर्सी पर से नीचे उतर आई है । पंडित जी अवाक् मेरे मुँह की ओर देखे जा रहे हैं, ''क्या कहा ?'' वह कहते हैं और उनकी छोटी-छोटी आँखें फैलकर फिर से बड़ी हो

जाती हैं ।

"आपके नाक पर से रेलगाड़ी गुज़री थी, बहन कहती है रेलगाड़ी गुज़री थी ।"

"चल बुद्धू !" वह कहकर कुर्सी की पीठ के साथ अपनी पीठ राटा लेते हैं ।

"चल बुद्धू !" मैं दोहरा देता हूँ ।

पंडित जी मेरी ओर झुक आए हैं और हाथ बढ़ाकर मेरा बायाँ कान पकड़ लिया है और उसे धीरे-धीरे मसलने लगे हैं । पहले तो मैं हँसता रहता हूँ, फिर सहसा चीख़ उठता हूँ । पंडित जी सदा ही कान पकड़कर पहले उसे सहलाते हैं फिर उसे धीरे-धीरे मलने और मसलने लगते हैं, फिर सहसा उसमें कचोटी काटते हैं जिससे मेरी चीख़ निकल जाती है ।

"गुरु को ऐसी बातें नहीं कहते, समझे ? यह भी दुराचार है ।"

पर मैं बौखला उठा हूँ, और रोता हुआ तुलसी के पास चला आया हूँ । मेरा ख़याल था कि सदा की तरह तुलसी उठ खड़ा होगा और पंडित जी पर झपट पड़ेगा, और उनकी छाती में टक्कर मारेगा । पर वह ज्यों-का-त्यों बैठा है ।

"गुरु जी को ऐसा नहीं कहते," वह अपनी खरज, गहरी आवाज़ में कहता है, "बैठ जा मेरे पास ।" और मेरे कंधे पर हाथ रखकर मुझे अपने पास बिठा लेता है ।

सबक के बाद मैं सीधा सीढ़ियाँ चढ़ता हुआ माँ के पास जा पहुँचता हूँ । माँ रसोईघर के बाहर बैठी तंदूर में लगाने के लिए आटे के 'पेड़े' बना रही है ।

"मैं इस पंडित से नहीं पढ़ूँगा ।" मैं चिल्लाकर कहता हूँ । "यह मुझे मारता है ।"

मेरा कान लाल हो रहा है जिसे माँ ने देख लिया है ।

"हैं मुआ, मारने का मतलब क्या है ? ठहर तो, मैं पूछती हूँ उससे । छोटे से बच्चे को मारने का क्या मतलब, कसाई !" और माँ गुस्से से परात के पास से उठ खड़ी हुई हे और तेज़-तेज़ क़दम रखती हुई जंगले के पास जा पहुँची है । इतने में तुलसी और भाई सीढ़ियाँ चढ़कर ऊपर आ जाते हैं ।

"चले गए हैं तुम्हारे मास्टर जी ?"

"हाँ जी, चले गए हैं ।"

"इसे क्यों पीटा है ? तुमने आकर बताया क्यों नहीं ? वह यहाँ मेरे बच्चों को पीटने आता है ?"

''नहीं माता जी, इसका कसूर है ।'' भाई बता रहा है, ''यह अपनी पेशाबवाली जगह को हाथ लगाता है ।''

माँ मेरी ओर घूरकर देखती है । माँ की आँखें भी पंडित जी की आँखों की तरह फैलकर बड़ी होने लगी हैं और जीभ का अगला हिस्सा उन्होंने बाहर निकालकर दाँतों के नीचे दबा लिया है । माँ एकटक मेरी ओर देखे जा रही है ।

''तू इतनी गंदी बातें करता है ?'' माँ कहती है । माँ का रवैया भी बदल गया है । ''आ मैं तुझे सीधा करूँ ।'' और मेरी ओर बढ़कर मेरा हाथ पकड लेती है ।

''ज़रा मिर्चदानी लाना, तुलसी ।''

और माँ पीढ़े पर बैठकर सदा की तरह मेरा मुँह अपने घुटनों के बीच दबा लेती है ।

''बोल, फिर ऐसा गंदा काम करेगा ?''

माँ में यह परिवर्तन इतनी जल्दी हो गया है कि मैं पहले से भी ज़्यादा हत्‌बुद्धि उसकी ओर देखे जा रहा हूँ ।

तुलसी मिर्चदानी ले आया है ।

''बोल फिर करेगा ऐसा गंदा काम ?''

ऐसे मौक़ों पर सिर हिला दो और ज़ोर से कह दो 'नहीं !' तो माँ कभी-कभी छाड़ देती है । पर मैं अभी माँ के चेहरे की ओर देखे जा रहा हूँ ।

''चल जा, आज तेरी बहुत पिटाई हो चुकी है ।'' और घुटनों के शिकंजे में से मेरा सिर निकाल देती है ।

''माता जी, पंडित जी कहते थे जो लड़के पेशाबवाली जगह को हाथ लगाते हैं, उन्हें कीड़े पड़ जाते हैं ।'' भाई कहता है ।

''कैसा है तुम्हारा यह पंडित । ऐसी वाहियात बातें बोलता रहता है ।''

पंडित जी के चले जाने के बाद, नीचे की ड्योढ़ी में, एक कोने में बैठा मैं घबराया-सा सोच रहा हूँ, वह आदमी जो गुरुकुल समाज के पास, नाले के किनारे बैठा रहता है, जिसकी दोनों टाँगें सूजी हैं, और उन पर तेल चुपड़ा रहता है, वह ज़रूर अपनी पेशाबवाली जगह को हाथ लगाता रहा होगा, तभी उसकी टाँगें सूज गई हैं और उन पर कीड़े रेंगते नज़र आते हैं । और वह लँगड़ा फ़कीर भी जो टेढ़ा चलता हुआ हमारे महल्ले में आता है, वह भी · · ·

तुलसी सीढ़ियाँ उतरकर मेरे पास आता है ।

"हमने दूसरी बात तो नहीं बताई न ।"

तुलसी दिलासा देते हुए कहता है । मैं उसकी ओर देखता हूँ ।

"नहीं रेलगाड़ी वाली बात । वह हम माता जी को नहीं बताएँगे ।"

मैं बौखला उठता हूँ और उससे पिंड छुड़ाने के लिए बाहर चबूतरे पर चला जाता हूँ । इसके बाद बहुत दिनों तक मुझे इस बात का डर बना रहता है कि कहीं दोनों माँ से मेरे दूसरे पाप की चर्चा न कर बैठें ।

हमारे घर में सभी लोग संध्या करते हैं । सभी को संध्या के मंत्र याद हैं । दोनों बहनें दिन के वक्त आपस में होड़ लगाती हैं कि कौन सारी संध्या के मंत्र जल्दी-से-जल्दी बोल सकती है । माता जी छज्जे पर बैठकर संध्या करती हैं, और दुपट्टे से मुँह-सिर ढाँप लेती हैं । पिता जी अक्सर अपने कमरे में संध्या करते हैं, पर शाम के वक्त खाना खाने से पहले वह रसोईघर में ही संध्या कर लेते हैं । तब पिता जी सबसे जल्दी संध्या समाप्त करते हैं, बहनों से भी जल्दी । पिता जी आँखें मूँदते हैं तो हम सभी बच्चे चुप हो जाते हैं, लेकिन चूल्हे के पास बैठी माँ बर्तनों से उलझती रहती है । जब भी कभी खाना खाने में पिता जी को देर हो जाए तो वह रसोईघर में ही संध्या करते हैं । उन्हें आँखें बंद करते देख माँ अँगीठी पर से थाली और दो कटोरियाँ उतार लेती है और तवे पर रोटी डाल देती है । ज्यों ही रोटी तवे पर से उतरती है और कटोरियों में दाल और भाजी डल जाती है तो पिता जी सिर झुकाकर 'ॐ शांति शांति' कहते हैं और आँखें खोल देते हैं ।

"शुकर ! शुकर महाराज ! शुकर तेरी दरगाह !"

पिता जी अपनी ओर थाली खींचते हुए कहते हैं । ये शब्द पिता जी के मुँह से दिन में कई बार सुनने को मिलते हैं, प्रातः उठते समय भी, भोजन के समय भी, रात को सोते समय भी ।

संध्या के लिए पिता जी का कोई बँधा हुआ समय नहीं है । वह सुबह के वक्त संध्या नहीं कर पाते तो दोपहर के वक्त कर लेते हैं । प्रातः की संध्या पिता जी अपने कमरे में करते हैं । गर्मी के दिनों में फ़र्श पर बिछे आसन पर बैठकर वह दीवार के साथ पीठ लगाए संध्या करते हैं, पर जाड़े के दिनों में खाट पर बैठे-बैठे ही संध्या कर लेते हैं । प्रातः की संध्या में पिता जी अक्सर ऊँघ-ऊँघ

जाते हैं, कभी तो देर-देर तक उनकी ठुड्डी गर्दन से जुड़ी रहती है, हम समझते हैं पिता जी संध्या समाप्त कर अंतिम नमस्कार में सिर नवा रहे हैं पर थोड़ी देर बाद वह झटके से सिर उठाते हैं, पल-भर के लिए उनकी आँखें भी खुल जाती हैं, पर वह फिर संध्या की मुद्रा में स्थिर हो जाते हैं ।

कभी-कभी हमारे घर में साधु-महात्मा आते हैं । विशेषकर उस समय जब आर्यसमाज का वार्षिकोत्सव होता है । वार्षिकोत्सव में हम दोनों भाई ख़ाकी रंग की कमीज़ें और निक्करें पहनते हैं और लाइनों में लगे असंख्य जूतों की रखवाली करते हैं, बड़े-बड़े पंखे उठाकर जलसे में बैठे श्रोताओं को पंखा करते हैं । उन्हें पानी पिलाते हैं, नगर-कीर्तन के दिन किसी-न-किसी बैलगाड़ी पर ज़रूर जमकर बैठ जाते हैं, जिन पर किसी अच्छे भजनीक के लिए कुर्सी-मेज़ रखे गए हों । उन दिनों साधु और उपदेशक हमारे घर में रोज आते हैं और भोजन करते है; और भोजन के बाद माँ साधु के चरणों में बैठकर पूछती है, "महाराज, मेरा संध्या में मन नहीं लगता । कोई उपाय बताइए । मैं आँखें बंद करती हूँ तो मन कभी कहीं तो कभी कहीं उडारियाँ मारने लगता है । इसका क्या इलाज करूँ ?"

साधु-महात्मा सिर हिलाकर कहते हैं, "देवी, प्राणायाम किया करो । प्राणायाम से मन में एकाग्रता आती है ।"

उस दिन के बाद माँ छज्जे पर, निराले में दुपट्टे से मुँह-सिर लपेटे बैठ जाती है, दाएँ हाथ की तर्जनी से बाईं नासिका को बंद कर साँस खींचती है, फिर बाएँ हाथ की तर्जनी से दाईं नासिका बंद कर साँस छोड़ती है । हम चारों बच्चे कुछ दूर खड़े आँखें फाड़-फाड़कर उसकी ओर देखते रहते हैं कि उसका मन एकाग्र हुआ है या नहीं । पर दो-एक दिन बाद माँ छज्जे पर बैठना छोड़ देती है, और अगली बार जब कोई साधु घर आता है तो कहती है, "महाराज, मैं प्राणायाम भी कर चुकी हूँ, नियमों-उपनियमों का पालन भी करती हूँ, फिर भी संध्या में मन नहीं लगता ।"

साधु-महात्मा सिर हिलाकर कहते हैं, "देवी, जाप किया करो । गायत्री का जाप एक सौ आठ बार, हाथ में माला लेकर किया करो । केवल ओम् का जाप भी कर सकती हो । जाप से मन में एकाग्रता आती है ।"

दूसरे दिन से माँ जाप करने लगती है ।

माँ जब प्राणायाम करती है तो हम भी उसकी देखा-देखी प्राणायाम करते

हैं; माँ जब जाप करने लगती है तो हम भी जाप करने लगते हैं, और जब माँ नाभि पर, या नाक की नोक पर या कमल-फूल पर ध्यान केंद्रित करने लगती है तो हम भी आँखें मूँद, माँ की तरह ध्यान केंद्रित करने की कोशिश करते हैं। मैं जब भी नाक की नोक पर ध्यान लगाने लगता हूँ तो कभी भाई की नाक आँखों के सामने आ जाती है, कभी पिता जी की, या फिर पंडित जी की चपटी नाक, और मन घूमता-घामता गुल्ली-डंडे तक जा पहुँचता है।

पर पिता जी को यह प्रश्न कभी परेशान नहीं करता कि वह अपने मन को कैसे एकाग्र कर पाएँ। वह कभी बताते भी नहीं कि उनका मन संध्या में लगता है या नहीं।

"बाबू जी, आपका मन तो संध्या में लगता होगा ?" साधु पूछता है।

पास में माता जी भी बैठी हैं। पिता जी पहले तो गर्दन झुकाकर हँस देते हैं, फिर कहते हैं, "भगवान के चरणों में दो वक्त बैठना चाहिए महाराज। उसका शुक्रगुज़ार होना चाहिए।"

पिता जी के लिए संध्या का अर्थ केवल शुक्रगुज़ार होना है, भगवान के सामने सिर नवाना है, उसे उन सब चीज़ों के लिए धन्यवाद कहना है जो उसने दी हैं। बस, और कुछ नहीं। और वह एक मिनट में भी कहा जा सकता है।

माँ केवल आर्यसमाजी ही नहीं है। कभी-कभी वह कटोरी में आटा या घी डालकर, सिक्खों के गुरुद्वारे में भी जाती है, कभी-कभी सनातन धर्म मंदिर में भी जाती है। जब कभी घर में कोई बच्चा बीमार पड़ जाए तो माँ सुबह गुरुद्वारे जरूर जाती है और शाम को हम दोनों बेटों के सिर पर से मिर्चें 'वारा' करती है। कभी-कभी वह 'संग्रांद' का व्रत भी रखती है। जब कभी माँ की सहेली गोमां दोपहर को घर आती है तो वह उसके साथ सनातन धर्म मंदिर में भी जाती है, और जाते हुए हमें कह जाती है, "पिता जी को मत बताना। मैं शिवाले वाले मंदिर में जा रही हूँ। वहाँ श्रीमद्‌भागवत की कथा है।"

माँ-बाप के बीच जब भी कभी बच्चों की चर्चा चले तो माँ हाथ जोड़ देती है और धीरे से कहती है, "सलामत रहें, महाराज उन्हें सलामत रखें।"

इस पर पिता जी को गुस्सा आ जाता है।

"यह तू क्या करती है, 'महाराज-महाराज !' बच्चों की बात हो रही है।"

"ठीक है, ठीक है," माँ धीरे से कहती है, पर फिर भी हाथ जोड़े रहती है। जब भी बच्चों की चर्चा चले तो वह घबरा जाती है और हाथ जोड़कर 'सलामत

रहें, महाराज करें' ज़रूर कहती है । हम माँ की घबराहट को समझ तो नहीं पाते, पर इतना भास ज़रूर रहता है कि इसका संबंध उन तीन बहिनों से है जो एक-एक करके मर चुकी हैं, जिनके नाम कभी-कभी घर में सुनने में आते हैं । वह कौन थीं, मैं कुछ भी नहीं जानता; केवल इतना जानता हूँ कि उनमें से एक का नाम सरस्वती था, और उसके कपड़ों को आग लग गई थी और माँ ने उसे उठाकर पानी के टब में फेंक दिया था, फिर एक दिन डॉक्टर उसकी पट्टियाँ खोल रहा था, तो वह चीख़कर मर गई थी । दूसरी का नाम शांति था और वह पेशावर के घर के जंगले के पास बैठी थी और माँ ने यह सोचकर कि वहाँ कोई बिच्छू न हो, उसे उठाकर अपने निकट सीढ़ियों के पास बिठा लिया था, और वहीं पर बिच्छू निकल आया था और उसने उसे काट खाया था और वह वहीं मर गई थी । तीसरी का नाम राज था और वह महीने-भर की ही थी, जब मर गई थी । और माँ जब हाथ जोड़कर कहती है, 'सलामत रहें, सलामत रहें महाराज करें !' तो वे तीनों मेरी कल्पना में आ जाती हैं, और मैं मन-ही-मन कहता हूँ, जो वे मरती नहीं तो हम सात बच्चे होते, पाँच बहिनें, दो भाई ! घर में दिन-भर खेला करते ! और माँ कभी ये शब्द न कहती ।

आज घर में हवन होगा । क्योंकि पड़ौस में रहने वाले 'म्लेच्छों' ने बकरे की सिरी को भूना है । तुलसी ने जंगले के पास आँगन में छिड़काव कर दिया है और आसन बिछा दिए हैं । पिछवाड़े के घर में से हल्का-हल्का धुआँ उठ रहा है और अजीब-सी गंध फैल रही है । रसोईघर के बाहर माँ और मेरी दोनों बहनें खड़ी हैं । बहिनें बार-बार नाक सिकोड़ रही हैं ।

"बकरे की सिरी भून रहे हैं । दुष्ट, पापी । सारे महल्ले में बू फैल गई है ।"

"बकरी के बाल जलते हैं तो ऐसी ही बू आती है," माँ कहती है ।

"पापी लोग बकरे की सिरी को भूनकर खाते हैं । अगले जन्म में खुद बकरे बनेंगे और उनकी सिरी भी भून दी जाएगी ।" छोटी बहिन सिर हिलाकर ग़ुस्से से कहती है ।

पिता जी का इंतज़ार है । वह नीचे से आएँ तो हवन शुरू हो । यों पिता जी को हवन में विशेष रुचि नहीं है, क्योंकि हवन में वक्त बहुत लग जाता है । 'तुम

शुरू करो, मैं आता हूँ ।' वह अक्सर कह देते हैं पर आ नहीं पाते । पर आज माँ तीन बार उन्हें जंगले पर से आवाज़ लगा चुकी हैं । मुझे हवन बेहद रोचक लगता है । आग की लपटें आँखों के सामने तरह-तरह का रूप बनाकर नाचने-सी लगती हैं । कभी-कभी माँ मेरी हथेली पर भी पानी डाल देती है और आचमन करने को कहती है । मैं भी 'वाङ्मे आस्येऽस्तु !' कहता हुआ माता जी को देख-देखकर बारी-बारी से आँखों, नासिकाओं, कानों पर भीगी उँगलियों के पपोटे रखता हूँ और फिर सिर के पीछे बचे-खुचे पानी के क़तरे छिड़क देता हूँ । 'अयंत इध्म् आत्मा ....' का मंत्र भी मुझे कंठस्थ हो गया है, जिसका उच्चारण पाँच बार किया जाता है और मैं यह मंत्र ऊँचे स्वर में सबके साथ बोलता हूँ ।

"हवन की पवित्र आहुतियों से जो धुआँ उठेगा वह पापी 'म्लेच्छों' के गंदे धुएँ को ख़त्म कर देगा ।" तुलसी अपनी ख़रज आवाज़ में कह रहा है । दोनों बहिनें हँस देती हैं ।

पिता जी सीढ़ियाँ चढ़कर आ गए हैं और हाथ धोकर अपने आसन पर बैठ गए हैं । तुलसी 'तंदूर' के पास बैठकर लैंपों की 'चिमनियाँ' साफ़ करने लगा है । माता जी, पिता जी आमने-सामने बैठ गए हैं, भाई और मैं एक ओर तथा दोनों बहिनें दूसरी ओर बैठ गई हैं । पहले मंत्र पढ़े जाते हैं, जिस बीच माँ हवन-कुंड में लकड़ियाँ जोड़ती हैं । फिर आचमन होता है । फिर हवन-कुंड के चारों ओर बारी-बारी से पानी फेंका जाता है । आग जलने के बाद घी की आहुतियाँ केवल पिता जी डालते हैं, बाकी सब लोग 'सामग्री' की आहुतियाँ डालते हैं । मुझे यह बहुत बड़ा पक्षपात जान पड़ता है ।

"छोटी-छोटी आहुति डाल, नहीं तो कटोरी ख़त्म हो जाएगी ।" भाई घुटने पर ठोंगा मारकर समझाता है ।

दो-तीन आहुतियाँ पड़ जाने से आग की लौ दब गई है और हवन-कुंड में से धुआँ निकलने लगा है । धुआँ मेरी आँखों को चुभने लगा है, फिर भी मैं आँखें खोले बैठा हूँ । जब हवन-कुंड में आग तेज़ हो जाती है, और सभी लोग अपने-अपने आसन पीछे खिसकाने लगते हैं, तब भी मैं अपनी जगह पर ही बैठा रहता हूँ, क्योंकि सच्चे आर्य धुएँ को आँखों के अंदर जाने देते हैं । फिर आग की लपटों के निकट बैठने से मेरा चेहरा भी लाल हो जाता है और भाई के लाल चेहरे-सा दमकने लगता है नहीं तो सारे वक्त पीला-पीला बना ही रहता है ।

हवन-कुंड में से मह-मह करके धुआँ उठ रहा है और म्लेच्छों के धुएँ को

पछाड़ रहा है । सारे वायुमंडल में सुगंध फैल गई है । तुलसी अभी भी चिमनियाँ साफ किए जा रहा है । मंत्र बोलते समय पिता जी की आवाज़ सबसे ऊँची होती है ।

हवन के बाद प्रार्थना होने लगी है पिता जी हाथ जोड़, आँखें बंद कर पहले दो-एक मंत्र बोलेंगे, फिर 'हे ईश्वर, हे सच्चिदानंद प्रभो, हे अंतर्यामी ···' कहते हुए प्रार्थना आरंभ करेंगे । हम सब ने आँखें बंद कर ली हैं, हाथ गोदी में रख लिए हैं, और सिर झुका लिए हैं ।

"तमीश्वराणां परमं महेश्वरं
तम् देवतानां ···"

पिता जी प्रार्थना से पहले मंत्र पढ़ते-पढ़ते सहसा रुक गए हैं । चुप्पी छा गई है । पिता जी फिर मंत्र आरंभ करने हैं–

"तमीश्वराणां परमं महेश्वरं
तम् देवतानां ···"

पिता जी फिर रुक गए हैं । क्या पिता जी को मंत्र भूल गया है ? मैं आँखें खोलता हूँ । दोनों बहनों की आँखें खुली हैं और पिता जी की ओर देखे जा रही हैं । पिता जी अभी भी वहीं अटके हुए हैं और चुप हैं । बहिनें घबराई-सी नज़र आती हैं । मैं फिर आँखें बंद कर लेता हूँ ।

सहसा 'तंदूर' की ओर से तुलसी की ऊँची खरज आवाज़ सुनाई देती है :

" ··· **परमं च दैवतम् ।**"

मंत्र की यह कड़ी पिता जी को भूल गई थी । उसे सुनकर पिता जी फिर मंत्र बोलने लगते हैं और सारा मंत्र बोल जाते हैं ।

मेरा दिल धक्-धक् करने लगा है । मैं आँखें खोलकर तुलसी की ओर देखता हूँ । छोटी बहिन भी सिर मोड़े तुलसी की ओर देख रही है । तुलसी बीच में बोला है, उसे जरूर डाँट पड़ेगी ।

"परमं च दैवतम् ···
पतिं पतीनाम् परमं परस्तात्
विधान देवं भुवनेषु मीड्यम् ।"

"हे ईश्वर, हे सच्चिदानंद प्रभो, हे अंतर्यामी ! ···"

प्रार्थना शुरू हो गई है । तुलसी लैंप की चिमनी हाथ में लिए दूसरे हाथ में मैला कपड़ा लिए उसे पोंछे जा रहा है ।

"हे दीनानाथ, इस छोटे-से परिवार में सुख हो, हे दयानिधान ···"

मैं अभी भी डर रहा हूँ । भाई तनिक झुके हुए आँखें बंद किए बैठा है, वह कभी भी आँखें नहीं खोलता । माता जी भी एकाग्रचित्त बैठी हैं, मूर्ति की तरह । प्रार्थना के अंत में पिता जी की आवाज़ काँपने-सी लगती है, "हमारे अवगुण माफ़ करो, माफ़ करो, माफ़ करो ! इस घर पर आपकी दयादृष्टि बनी रहे, यही आपसे प्रार्थना है भगवन्, स्वीकार करो, स्वीकार करो, स्वीकार करो ···"

सबकी गर्दनें झुक गई हैं ।

"ओम् शांति शांतिः शांतिः ।"

पिता जी आँखें खोलकर तुलसी की ओर देखते हैं । मेरा दिल फिर धक्-धक् करने लगा है । पर पिता जी मुस्करा रहे हैं, "तू तो बड़ा गुणों का गुथला है, तुझे और भी मंत्र याद हैं ?"

तुलसी चहककर कहता है, "जी मुझे सभी मंत्र याद हैं ।"

"संध्या के मंत्र भी ?"

"जी, याद हैं पिता जी ।"

माँ पिता जी की ओर एकटक देखे जा रही है, फिर कहती है :

"रोज कान में जो पड़ते हैं, याद क्यों नहीं होंगे ।"

पिता जी पहले की तरह ही मुस्कराकर कहते हैं, "हवन-संध्या में तू भी हमारे साथ बैठा कर । उठ, हाथ धोकर आ जा ।"

"देखो जी ···" माँ बीच में बोल उठती है पर फिर रुक जाती है ।

"आ जा, आ जा, शाबाश !"

तुलसी झट से उठ खड़ा होता है और हाथ धोकर तंदूर के सामने माता जी के आसन से थोड़ा हटकर बैठ जाता है ।

संध्या आरंभ होने से पहले एक बार माँ फिर कहती है, "देखो जी, घर का सारा काम पड़ा है ···" पर फिर नाक सिकोड़कर और हाथ झटककर चुप हो जाती है ।

संध्या आरंभ हो गई है, सहगान की तरह । तुलसी बेधड़क होकर, अपनी गहरी खरज आवाज़ में मंत्र बोलने लगा है । मैं हौले से आँखें खोलता हूँ । बड़ी बहिन अपनी हँसी दबाने के लिए अपनी चुन्नी का किनारा मुँह में ठूँस रही है और छोटी बहिन अपनी हँसी रोकने के लिए उससे हटकर, कुछ दूरी तक सरककर बैठ गई है । बहन को हँसी दबाते देख मुझे भी हँसी आ गई है पर मैं झट से आँखें

वंद कर लेता हूँ, और भाई की तरह अविचल मुद्रा में बैठ जाता हूँ ।

तुलसी की आवाज़ पहले से भी ज़यादा ऊँची हो गई है—पिता जी की आवाज़ से भी ऊँची । वह संध्या के मंत्र ज़्यादा तेज़ी से पढ़ रहा है जिससे पिता जी और माँ पीछे रह जाते हैं । पिता जी बार-बार रुक जाते हैं । मैं फिर आँखें खोलकर देखता हूँ । पिता जी के चेहरे पर तनिक भी क्रोध का भाव नहीं है, बल्कि वह बड़े प्रसन्न नज़र आते हैं । उधर छोटी बहन अभी भी बराबर मुँह में चुन्नी ठूँसे जा रही है । दोनों बहनें क्षणभर के लिए एक-दूसरी की ओर देखती हैं फिर झट-से मुँह फेर लेती हैं । मैं डर रहा हूँ । बहनें अपनी हँसी नहीं दबा पाएँगी, 'फ इ इ इ' करके उनको हँसी फूट पड़ेगी और पिता जी बहुत नाराज़ होंगे । माँ गुमसुम बैठी है, और वह संध्या के मंत्र गुनगुनाती है, फिर चुप हो जाती है । आज फिर माँ का मन संध्या में नहीं लग रहा है । तुलसी मंत्रोच्चारण में फिर आगे निकल गया है । पिता जी की आँखें खुल गई हैं और वह तुलसी की ओर देख-देखकर मुस्करा रहे हैं । पिता जी बहुत खुश हैं ।

संध्या समाप्त हो गई है, और अब पिता जी, बिना किसी से कुछ कहे ताली बजा-बजाकर ईश्वर-स्तुति का गीत गाने लगे हैं—

"जीव सब संसार दे, गिनती न आखी जांवदी
अन्न पाणी दान करदा, जो जिसे मन भांवदी . . ."

तुलसी की आवाज़ यहाँ भी एक साथ मिल गई है । पिता जी की ऊँची बेमेल आवाज़ और तुलसीराम की गहरी खरज आवाज़ में होड़-सी होने लगी है । पिता जी साथ में हौले-हौले ताली ज़रूर बजाते हैं, किसी-किसी वक्त उनका सिर एक ओर को टेढ़ा हो जाता है . . .

तुलसी ने गाना शुरू ही किया है कि दोनों बहनों की हँसी फव्वारे की तरह फूट निकली है, और दोनों एक-साथ ज़मीन पर लोट-पोट हो रही हैं और मुँह में चुन्नी ठूँसने का विफल प्रयत्न कर रही हैं ।

सहसा माता जी भी हँसने लगी हैं । जब माता जी हँसती हैं तो उनका पेट थिरक-थिरक जाता है । वह क्षण-भर के लिए हँसती हैं, जब उनका शरीर हिलने लगता है, फिर वह चुप हो जाती हैं, और पहले की तरह मूर्तिवत् बैठ जाती हैं । कुछ देर बाद वह फिर हिलने लगती हैं ।

"विद्या-विमला ।" पिता जी ने डाँटने की-सी आवाज़ में पुकारकर कहा है ।

दोनों बहनें चुप हो गई हैं, पर केवल क्षण-भर के लिए ही । तुलसी की ओर देखते ही वे अपना सारा संयम खो बैठती हैं । तुलसी मुँह ऊँचा किए गाए जा रहा है । एक बार फिर बहनों की हँसी फव्वारे की तरह फूट निकली है और वे दोनों एक साथ वहाँ से उठकर भाग गई हैं ।

भजन के बाद अब शांति-पाठ चल रहा है । तुलसी को वह भी याद है । पर शांतिपाठ समाप्त होते ही माता जी घुटनों पर हाथ रखकर उठ खड़ी हुई हैं, "विद्या-विमला, आसन उठाकर छज्जे पर रखो । जल्दी करो, देर हो रही है ।"

पिता जी अभी भी तुलसी को देख-देखकर मुस्करा रहे हैं ।

"कल से रोज हमारे साथ बैठाकर ।"

"हाँ, बैठाकर !" माता जी बीच में बोल उठती हैं, "घर के काम में पिसने के लिए मैं जो बनी हूँ । चल उठ तुलसी, अब हरिभजन हो गया, उठ, चूल्हा जला । देखता नहीं ऊपर, कौन-सा वक्त आ गया है ।"

तुलसी के चले जाने पर पिता जी धीमी आवाज़ में माँ से कहते हैं, "यह लड़का होशियार है । हवन-संध्या करेगा तो आदमी बन जाएगा । वहाँ कहाँ सनातनी ब्राह्मणों के बीच पड़ा था । तू हर बात में टाँग नहीं अड़ाया कर ।"

"अच्छा जी, माफ़ कर दो, मुझसे ख़ता हो गई है । आप इसे आर्यसमाजी, साधु-संन्यासी बनाओ, मुझे क्या लेना-देना । पहले ही कोई काम नहीं करता, अव आपने सिर चढ़ाया तो बिलकुल काम नहीं करेगा ।"

और माँ घूमकर रसोईघर की ओर चली जाती हैं । पिता जी पास बैठे बलदेव से कहते हैं, "कल से जब तुम्हारे पंडित जी आएँ तो तुलसी को भी साथ में बिठा लिया करो । इसे भी कॉपी-क़लम ले दो ।"

"यह बैठता है जी, हिंदी पढ़ लेता है, लिख भी लेता है ।" भाई जवाब देता है ।

रात को चौका समेटने के बाद माँ दूध को जामन लगाती है, तुलसी रसोईघर की नुक्कड़ में बैठा बरतन मलता है, खाटों पर लेटे हम भाइयों को देर तक बरतनों की खट-खट सुनाई देती रहती है । बरतन माँजने-धोने के बाद तुलसी चौका धोता है, इस बीच माँ और पिता जी घड़ी वाले सुफ़े में आ जाते हैं । माँ अक्सर पलंग पर पालथी मारकर बैठ जाती हैं, और पिता जी पीठ-पीछे हाथ बाँधे कमरे में ऊपर-नीचे टहलते हैं । यह लगभग रोज का नियम है । माता जी वहाँ बैठी कभी 'चारमगज़' छीलती हैं, कभी-कभी माला भी ले बैठती हैं—माला

का जाप करते समय बीच में बोलने की इजाज़त होती है । उनके वार्तालाप के अंश हमारे कानों में पड़ते रहते हैं । कभी सहसा उनमें झगड़ा होने लगता है, और वह बढ़ने लगता है, उनकी आवाज़ें भी ऊँची उठने लगती हैं । फिर माँ बड़बड़ाती हुई उठकर हमारे कमरे में आ जाती हैं, और पिता जी देर तक 'सुफ़े' में टहलते रहते हैं ।

"अब तुलसी को भी अपने साथ मिलाने लगे हो," माँ कह रही हैं, "तुम इसकी जिंदगी बरबाद करने पर तुले हुए हो ।"

पिता जी चलते-चलते रुक गए हैं, "पढ़-लिख जाएगा तो इसकी जिंदगी बरबाद हो जाएगी ? तेरी अक्ल ठिकाने है या नहीं ?"

"पढ़-लिख जाएगा तो क्या करेगा, क्या बैंक का मैनेजर बन जाएगा ? यह बरतन ही माँजेगा, और क्या करेगा ? इसे जैसा है वैसा ही रहने दो । क्यों इसकी जिंदगी बरबाद करते हो ?"

"बस-बस, सुन लिया, मुझे हर वक्त सबक न दिया कर ।"

पिता जी फिर चलने लगे हैं ।

"तुम लोग आर्यसमाजी बनाते फिरते हो । जिन लोगों को बना चुके हो उन्हें तो पहले पचा लो । वह मुसलमान शुद्ध किया था न ! सभी आर्यसमाजी अर्जनदेव-अर्जनदेव कहते थकते नहीं थे । उसकी शादी भी करवाने जा रहे थे । महाशय नानकचंद आया, कहने लगा, 'माता जी चादरें दो, अर्जनदेव छपाई का काम करेगा ।' मुझसे पूरी चार चादरें—नई निकोर, चार चादरें—ले गया था । कहाँ गया अर्जनदेव ? दसियों लोगों की चादरें-कपड़े लेकर चंपत हो गया ।"

"बोलती जा, बोलती जा, जो मन में आए कहती जा । बस नहीं करना । तुलसी दो अक्षर पढ़ लेगा तो इसमें तेरा क्या नुकसान है ? ..."

खाट पर लेटे-लेटे मैं डरने लगा हूँ कि अभी झगड़ा बढ़ जाएगा और दोनों ऊँचा-ऊँचा बोलने लगेंगे । माँ कहेगी, 'मैंने तुम्हारे साथ कौन-सा सुख पाया है ? तुम मुझे सदा कलपाते रहे हो ?' और यदि झगड़ा और भी बढ़ गया तो हाथ जोड़कर रोते हुए कहेगी, 'हे भगवान मुझे उठा ले, जहाँ मेरी सुरसती (सरस्वती) गई, जहाँ मेरी शांति गई, जहाँ मेरी राज गई, वहाँ मुझे भी उठा ले ।' पर झगड़ा बढ़ा नहीं है । माँ केवल खीझकर बार-बार कहे जा रही है, 'मुझे क्या है, पढ़ाओ, आर्यसमाजी बनाओ । न दीन का रहेगा, न दुनिया का ।' पर फिर

वार्तालाप का रुख़ बदल गया है । वे कुछ और ही बातें करने लगे हैं । शायद किसी की सगाई होने जा रही है । कहीं से कोई ख़त आया है । विद्या का नाम भी बार-बार लिया जा रहा है । क्या विद्या बहिन की सगाई होगी ? सगाई क्या होती है ? धीरे-धीरे उनकी बातें अधिकाधिक अस्पष्ट होती जा रही हैं ।

माँ की चाभियाँ फिर खो गई हैं । आए-दिन माँ की चाभियाँ खो जाती हैं । माँ दही बिलोनेवाली 'चटूरी' पर से उठ खड़ी हुई है और अपनी सलवार की अंतहीन तहों में उन्हें खोज रही है ।

सहसा दूर कहीं से किसी के छींकने की आवाज आई है । यह हलवाई अतरसिंह की छींक है ।

"लो, अतरसिंह की छींक भी पड़ गई, अभी तक रसोई का कोई काम नहीं हुआ, अभी तक सारा काम पड़ा है ।"

इस छींक के साथ मुहल्ले के बहुत से-लोगों की दिनचर्या बँधी हुई है । मैं छींक की प्रतिक्रिया देखने के लिए भागकर छज्जे पर पहुँच जाता हूँ । अतरसिंह हलवाई ऐन ग्यारह बजे छींक मारता है ।

हमारे घर के सामने फ़ैज़अली, छींक की आवाज़ सुनते ही, हुक्का छोड़कर खाट पर से उठ खड़ा हुआ है, 'चलूँ, वक्त हो गया !' वह मुँह पर हाथ फेरते हुए कहता है और ताँगा जोतने लगता है ।

बाईं ओर से मौलवी इसहाक तसबीह हाथ में लिए घर में से निकल आया है और ग्यारह बजे की नमाज़ पढ़ने सड़क के बीचोंबीच लगता हुआ मसजिद की ओर जाने लगा है ।

पिता जी नीचे आँगन में से आवाज़ दे रहे हैं, "बलदेव की माँ ! बच्चों के लिए स्कूल में दूध भेजा है ? यह तुलसी कहाँ मर गया है ?"

विद्या भागती हुई जंगले के पास आ गई है, "क्या है पिता जी ?"

"अतरसिंह की छींक भी पड़ गई है, तुम लोगों ने अभी तक बच्चों को दूध नहीं भेजा ? तुलसी कहाँ है ?"

"आज दोनों की छुट्टी है पिता जी, आज पूरनमासी है ।" विद्या हँसकर कहती है ।

पिता जी कुछ देर तक चुप खड़े रहते हैं, फिर ··· "तो पहले क्यों नहीं

कहा ?'' कहते हुए अपने दफ़्तर में चले जाते हैं ।

माँ भी अतरसिंह की ही छींक पड़ने पर 'चटूरी' में से मक्खन निकालती है । पर आज चाभियों ने परेशान कर रखा है । माँ आकार में मोटी हैं और मुझे लगता है उनकी कपड़ों की तहों में से चाभियों का गुच्छा छनककर बाहर गिर पड़ेगा ।

''अभी तो मैंने विद्या को घी निकालकर दिया है । अरी विद्या, कहाँ हैं चाभियाँ ? कैसे सभी लोग चुप्पी साध लेते हैं ।''

विद्या दौड़ी-दौड़ी पुराने 'सुफ़े' से चली आई है ।

''मैंने आपको दे दी थीं, माता जी ।''

माँ रसोईघर में से निकलकर जंगले पर आ जाती हैं, ''बलदेव के पिता जी, आपने चाभियाँ तो नहीं देखीं ?''

नीचे कुर्सी के घिसटने की आवाज़ आती है, थोड़ी देर बाद पिता जी आँगन में से पुकारते हैं, 'हज़ार बार कहा है, दुपट्टे की चूक के साथ बाँधकर रखा कर । अब मुझे क्या मालूम, रंगसाज़ की अलमारी में देखा है ?''

जब भी कोई चीज़ खो जाती है तो उसे रंगसाज की अलमारी में खोजा जाता है ।

माँ जंगले पर से लौट आई है । उनकी व्यग्रता और झुंझलाहट बढ़ रही है । 'चटूरी' के पास वह फिर उन्हें टटोल-टटोलकर ढूँढ़ती हैं, और एक बार फिर उनके हाथ सलवार की तहों में जाते हैं, ''यहाँ होतीं तो मिल नहीं जातीं ? ऐसा 'बेवाका' घर है, इस घर में कुछ खो जाए तो सभी 'मचले' बन जाते हैं ।''

हम चारों भाई-बहिनें अब चाभियाँ ढूँढ़ने में लग गए हैं । रंगसाज़ की अलमारी में, रसोईघर की अँगीठी पर, ट्रंकोंवाली कोठरी में—जिसमें घी रखा रहता है—लैंप के आले में, चूल्हे के पीछे, आसनों के नीचे, चाभियाँ कहीं से भी नहीं मिल रही हैं ।

''मिलीं चाभियाँ ?'' नीचे से फिर पिता जी की आवाज़ आती है !

''नहीं पिता जी, अभी तक नहीं मिलीं ।'' विद्या जंगले पर जाकर जवाब देती है । पिता जी के बोझल पाँव सीढ़ियों पर सुनाई देने लगे हैं ।

''अभी तो मैंने विद्या को घी निकालकर दिया है । विद्या, तू क्यों मचली बनी बैठी है, बताती क्यों नहीं ?''

और माँ रसोईघर की अँगीठी के पास जाती हैं और एड़ियाँ उठाकर वहाँ

चाभियों को देखने लगती हैं ।

''इस तरह कभी नहीं मिलेंगी ।'' पिता जी काम छोड़कर ऊपर आ गए हैं, और माँ को समझा रहे हैं । माँ अभी भी कभी एक ओर तो कभी दूसरी ओर घबराई हुई घूम रही हैं ।

''तू एक जगह पर बैठ जा, और आँखें बंद करके याद कर कि तूने आख़िरी बार उन्हें कहाँ देखा था । चाभियों का गुच्छा अपने-आप तेरी आँखों के सामने आ जाएगा ।''

''आप भी कैसी बातें करते हो जी, अभी-अभी तो मैंने विद्या को घी निकालकर दिया है ।''

इस पर भी जब माँ को याद नहीं आ पाता तो वह सचमुच बैठ जाती हैं, और आँखें बंद कर लेती हैं और याद करने की कोशिश करती हैं कि चाभियों का इस्तेमाल कहाँ-कहाँ किया है ।

''सब्जीवाले को पैसे निकालकर दिए थे ।''

''वह तो मैंने दिए थे ।'' पिता जी बीच में ही बोल उठते हैं, ''तुम कल का सोच रही हो । अब फिर से याद करो ।''

सीढ़ियों पर किसी के हल्के-हल्के क़दमों की आवाज़ आती है । ऐसी आहट तो केवल हमारी छोटी मौसी के क़दमों की हो सकती है । जब भी मौसी घर में आती हैं तो हम चारों बच्चे उन्हें घेरकर बैठ जाते हैं । मौसी छोटे-से क़द की हैं, सुबक-सी, और सारा वक्त धीमे-धीमे मुस्कराती रहती हैं ।

''मौसी आई हैं,'' विद्या झरोखे में से देखकर कहती है, ''मौसी जी, हमारी चाभियाँ खो गई हैं । सुबह से नहीं मिल रही हैं ।'' वह झरोखे में से ही कह देती है ।

मौसी अंदर आई हैं । आँगन में पैर रखते ही वह जूती उतार देती हैं ।

''सुबह से हार गई हूँ, ढूँढ़-ढूँढ़कर ।'' माँ कहती है ।

''नजूमी से क्यों न पूछ लो, इधर नाले के पास ही तो बैठता है ।'' मौसी कहती हैं, ''मैं पूछ आऊँ ? सिर्फ़ एक पैसा लेता है । मैं पूछ आती हूँ ।''

और मौसी उन्हीं कदमों लौटकर जूती पहनने लगती हैं ।

''नजूमी क्या करेगा ?'' पिता जी खीझकर कहते हैं ।

''पूछने में क्या हर्ज़ है, भाया जी, एक पैसा ही तो लेगा ।'' और मौसी सीढ़ियाँ उतरने लगी है ।

''जो मन में आए, करो ।'' पिता जी और भी ज़्यादा खीझ उठे हैं । पिताजी आर्यसमाजी हैं, उन्हें नजूमियों से चिढ़ है ।

मौसी सीढ़ियों के झरोखे में से कहती है, ''रामायण में से 'प्रिशन' लगाकर भी देखो । वह कभी-कभी ठीक निकल आता है ।'' और सीढ़ियाँ उतर जाती हैं ।

''रहने दो बहिन, वह काम करने से क्या फायदा जिससे मर्दों को चिढ़ हो !''

''जब तक चाभियाँ रखने की एक जगह नहीं बनाओगी, चाभियाँ रोज खोती रहेंगी ।'' पिता जी कहते हैं, ''ला, मैं आगे के लिए तेरा इंतज़ाम कर देता हूँ ।'' और पिता जी रंगसाज़ की अलमारी के पास चलते हुए जा पहुँचते हैं ।

''यहाँ हथौड़ी पड़ी थी, कहाँ है हथौड़ी ?'' पिता जी रंगसाज़ की अलमारी में डिब्बों और ख़ाली बोतलों को इधर-उधर हटाकर झाँक-झाँककर देख रहे हैं । ''इस घर में कभी कोई चीज़ अपनी जगह पर नहीं मिलती ।''

''हथौड़ी नीचे कहीं होगी जी, यहाँ हथौड़ी का क्या काम !'' माता जी 'चटूरी' के पास बैठी-बैठी कहती हैं ।

'कहाँ मर गया है तुलसी ? उसने कहीं रखी होगी ।'' पिता जी बड़बड़ाकर कहते हैं । आखिर वह रंगसाज़ की अलमारी में से एक लंबी-सी कील उठाए, सीढ़ियों के पास रखी ईंटों में से एक ईंट उठाकर नए सुफ़े के पास चले जाते हैं और दीवार में कील ठोंककर कहते हैं, ''अब कान खोलकर सब लोग सुन लो, यहाँ पर चाभियाँ टँगी रहें । जब उतारो, काम करके फिर यहीं टाँग दो ।''

पिता जी केवल चाभियों के लिए ही नहीं, अन्य चीज़ों के लिए भी जगह मुक़र्रर करते रहते हैं । इस आले में लैंप रखा रहे, जो कोई उसे उठाए, फिर वहीं पर लाकर रख दे । तेल डालने वाली कीफ़ बोतल के अंदर बनी रहे । पहले एक बार जब चाभियाँ खो गई थीं तो पिता जी ने अपने हाथों से उन्हें माता जी के दुपट्टे की 'चूक' के साथ बाँध दिया था, और हम बच्चे आस-पास खड़े हँसते रहे थे । क्योंकि हम कभी-कभार ही माँ-बाप को एक-दूसरे के साथ खेल-खिलवाड़ करते देख पाते हैं ।

चाभियों की जगह बना चुकने के बाद पिता जी नए सुफ़े के सामने खड़े दीवार पर लगी घड़ी की ओर देख रहे हैं, जो बहुत दिनों से बंद है ।

''लाओ, इसे भी चला दूँ ।''

पिता जी स्टूल पर खड़े हो जाते हैं और घड़ी की चाभी देते हैं, फिर सुइयाँ

हिला-हिलाकर घड़ी को बजाते हैं, नौ बजते हैं, फिर एक और चक्कर के बाद दस बजते हैं, फिर ग्यारह, और पिता जी सवा ग्यारह पर सुइयों को रखकर घड़ी का शीशा बंद कर देते हैं । फिर कमीज़ की जेब में से पेंसिल निकालकर घड़ी की चौखट के साथ-साथ लाइनें खींच देते हैं ।

"बलदेव की माँ, अब समझ लो, घड़ी को कोई हिलाए नहीं । घड़ी इन लाइनों के अंदर ही बनी रहे ।"

पिता जी के अलावा घड़ी को कोई हिलाता नहीं है, उस तक पहुँचने के लिए स्वयं पिता जी को स्टूल पर चढ़ना पड़ता है । पर पिता जी हर बार घड़ी को चाभी देने के बाद सभी को यह हिदायत कर देते हैं । फिर उसी पेंसिल से वह घड़ी की बग़ल में उर्दू के अक्षरों में लिख देते हैं, "चाभी मंगलवार ।"

और उसके ऊपर लिखी पंक्ति को काट देते हैं जिसमें लिखा है, "चाभी सनीचरवार ।" उस पंक्ति के ऊपर दो पंक्तियाँ पहले से कटी हुई हैं ।

"बातें छोटी होती हैं, मगर कोई ध्यान दे, तभी ना ।" वह स्टूल पर से नीचे उतरते हुए कहते हैं ।

मौसी आ गई हैं, और माता जी के पास जाकर फुसफुसाकर कह रही हैं, "नजूमी कहता है, अँधेरी कोठरी में दाएँ हाथ पाँचवें क़दम पर हैं ।"

"घर की अँधेरी कोठरी तो वही है, जिस पर ताला चढ़ा है ।" माँ निराश होकर कहती है ।

"भूसेवाली कोठरी भी तो हो सकती है ।" विद्या चहककर कहती है । "आप वहाँ गई तो थीं, गाय खोलने के लिए गई थीं या नहीं ?"

"पर मैं वहाँ देखने नहीं जाऊँगी ।" उसने झट से जोड़ा, "कोई बिच्छू-विच्छू हो तो काट खाए ।"

"नहीं, तुझे क्यों, तुलसी को भेजेंगे ।" पर माँ को यक़ीन नहीं आ रहा है कि चाभियाँ वहाँ हो सकती हैं, "हाय री, उसके बाद तो मैंने तुझे घी निकालकर दिया है ।"

"रसोईघर में ही देखो बहिन, वह भी तो अँधेरी है । हो न हो, चाभियाँ वहीं पर होंगी, नहीं तो रामायण में 'प्रिशन' लगाकर देखते हैं ।" मौसी कहती हैं ।

विमला दहलीज़ पर चुपचाप आकर खड़ी हो गई है, और दोनों हाथ पीछे किए हुए है ! वह हल्के-हल्के मुस्करा रही है । सबसे पहले विद्या उसे देखती है, "क्या चाभियाँ मिल गईं ?" विद्या चिल्लाकर कहती है, और लपककर विमला

के पास जा पहुँचती है । विमला चहकती क्यों नहीं ? विद्या को चाभियाँ मिलतीं तो वह उछल-उछलकर, चाभियों का गुच्छा छनकाती हुई कहती, "मिल गईं चाभियाँ ! मिल गईं चाभियाँ !" घर सिर पर उठा लेती । पर छोटी बहन सिर टेढ़ा किए अब केवल धीरे-धीरे मुस्कराती रहती है, हँसती-बोलती बहुत कम है ।

"हाय री, कहाँ से मिलीं ?" माँ जंगले के सहारे खड़ी पूछती है । घबराहट और परेशानी के कारण वह दुपट्टे से बार-बार अपना मुँह पोंछ रही है ।

"चटूरी के नीचे पड़ी थीं ।"

माँ हाथ पर हाथ मारकर कहती है, "मैं भी कहूँ, होंगी तो चटूरी के पास ही, वे जा तो कहीं नहीं सकतीं । उठना-बैठना जो यहीं पर हुआ । मैंने विद्या को घी निकालकर दिया तो यहीं पर रख दी होंगी । मैं तो चाभियों को अपनी नज़र से ओझल ही नहीं होने देती ।"

"पिता जी ! पिता जी ! मिल गईं चाभियाँ !"

दफ्तर में कुर्सी के घिसटने की आवाज़ फिर से आती है, और इसके बाद पिता जी नीचे आँगन में आ जाते हैं, "अब माँ से कहो, कील पर टाँग दे ।" फिर माता जी को जंगले पर ही खड़ा देखकर कहते हैं, "बलदेव की माँ, दही हो तो थोड़ा कटोरी में डालकर भेज दो, मैं ज़रा नहा लूँ ।"

माँ झट से मुड़कर नीचे की ओर देखती हुई कहती है, "अब नहाने लगोगे, तो दूध कब पियोगे ? सुबह से यह वक्त आ गया है, आपने अभी तक दूध भी नहीं पिया । फिर कहते हो, इस घर में नियम कोई नहीं है ।"

"भली लोग, तू बहस क्यों करती है । नहाने में कौन-से घंटे लगते हैं । जितनी देर तू वहाँ खड़ी उपदेश दे रही है, उतनी देर में मैंने नहा भी लिया होता ।"

इस पर माँ सिर हिलाती है और गाने की-सी आवाज़ में बोलती है :

मुल्लाँ, मियाँ मशालची, तीनों एक समान ।
लोकाँ नु दस्सण चानणाँ, आप हनेरे जान ।[1]

और जंगले पर से हट जाती है ।

1 मसजिद का मुल्ला, उस्ताद और मशालची, तीनों एक जैसे होते हैं, लोगों को तो रास्ता दिखाते हैं, पर खुद अँधेरे में रहते हैं ।

दोपहर को गली में फिर शोर होने लगा है । माता जी दोनों बहनों के साथ सिलाई-मशीन के सामने बैठी कपड़े सी रही हैं । शोर सुनते ही उनका चेहरा ज़र्द पड़ जाता है ।

''आज फिर किसी खोंचेवाले को लूट रहे हैं । नामुराद ।''

दोनों बहनें लपककर खिड़की के पास जा पहुँची हैं और चिक में से नीचे झाँकने लगी हैं ।

मैं जानता हूँ, क्या हुआ होगा । ऐन चार बजे के क़रीब जब हमारे पंडित जी पढ़ाकर जाते हैं और साया सड़क को छूने लगता है, तो चरनी के पास से समोसे बेचनेवाला एक कंधे पर खोंचा रखे, मोड़ काटकर मुहल्ले में आता है । बड़ी उम्र का गोरे रंग का आदमी है । उसे कोई कुछ नहीं कहता । पर कभी-कभी जब उसका बेटा या कोई और आदमी खोमचा लेकर आता है तो गली में शेख़ का बेटा, मौलवी इसहाक का बेटा और लंबू, तीनों उसे अपने सामने बिठा लेते हैं, पहले ख़ूब डटकर समोसे और कचौरियाँ खाते हैं, पर जब वह पैसे माँगता है तो उसे पीटने लगते हैं । तब पिता जी बाहर आ जाते हैं, खोमचेवाले को पिटने से बचाते हैं, ऊँचा-ऊँचा बोलते हैं, मौलवी इसहाक के बेटे को धमकाते हैं और माँ का दिल धक्-धक् करता रहता है । वह कभी जंगले की ओर भागती है, तो कभी खिड़की की ओर ।

आज भी नीचे से शोर आने लगा है । शेख़ के बेटे और उसके साथियों ने ज़रूर किसी खोमचेवाले को लूटा होगा ।

''नीचे गली में तो कोई नहीं, माता जी !'' विद्या घूमकर कहती है ।

''तो सड़क पर होगा ।'' माँ कहती है और झट से उठकर छज्जे की तरफ़ चली जाती है । हम सब भी उनके पीछे-पीछे छज्जे पर जा पहुँचते हैं ।

घर के सामने खंभे के साथ एक आदमी बँधा हुआ है । फ़ैज़ अली ने अपनी पगड़ी उतार रखी है और उसके साथ वह उसे खंभे के साथ जोर-जोर से बाँध रहा है और बार-बार उसे कसने के लिए पगड़ी के पल्ले खींचता है । वह आदमी दोहरा होकर आगे की ओर झुक गया है । उसका चेहरा लाल हो रहा है और आँखें बाहर को निकली आ रही हैं । वह अपने को छुड़ाने के लिए कुछ भी नहीं कर पा रहा, क्योंकि पीठ-पीछे उसके दोनों हाथ भी बँधे हैं । जब कभी वह इतना अधिक आगे की ओर झुक जाता है कि फ़ैज़ अली को उसे बाँधने में बाधा पड़ती है तो वह एक ज़ोर का घँसा उसके मुँह पर मारता है जिससे उस आदमी

का सिर अपने-आप पीछे को लुढ़क जाता है और कंधों पर झूलने लगता है । उसके होंठों में से खून बहने लगा है । मेरी टाँगों में जैसे पानी भर गया है और वे काँपने लगी हैं ।

बाबा नूरू लँगड़ाता हुआ अपनी कोठरी में से निकला है और सीधा खंभे के पास आकर अपनी छड़ी से उस बँधे हुए आदमी को पीटने लगा है । लोग इकट्ठे होने लगे हैं ।

''हाय, क़साई इसे मार डालेंगे, इसकी आँतें कुचल देंगे ।'' माँ घबराकर कह रही है ।

माँ सहसा छज्जे पर से हट जाती है और भागती हुई नीचे पिता जी के दफ़्तर में जा पहुँचती है । हम भाई-बहनें ऊपर जंगले पर खड़े हैं ।

पिता जी दफ़्तर में से निकलकर ड्योढ़ी की ओर ही जा रहे थे, जब माँ ने उन्हें रोक लिया है ।

''मेरा मुर्दा देखोगे अगर बाहर गए तो । महल्ले में हर किसी से दुश्मनी लेते फिरते हो, यह बात अच्छी नहीं ।''

''महल्ले में रहना है तो चूहों की तरह डरकर रहूँ ?''

''मेरा मुर्दा देखो जो घर के बाहर जाओ । छोटे-छोटे मेरे बच्चों की क़सम, जो घर के बाहर पैर रखो । मैं तुम्हारे पाँव पड़ती हूँ ।''

''क्या बक-बक कर रही है !'' पिता जी माँ से पैर छुड़ाकर बाहर जा रहे हैं । हम दोनों भाई सीढ़ियाँ उतरकर नीचे आ गए हैं ।

''तुलसी कहाँ है ? विद्या-विमला, देखो, तुलसी कहाँ है ? उसे नीचे नहीं आने देना ।'' माँ सिर ऊपर करके बहनों को कह रही है ।

''तुलसी छज्जे पर सोया हुआ है ।''

''उसे नीचे नहीं आने देना ।''

पिता जी घर के बाहर चले गए हैं ।

''हे महाराज, इन्हें अक्ल दे, यह हर किसी से उलझते फिरते हैं ।''

पिता जी खंभे के पास जा पहुँचे हैं । उनके सिर पर पगड़ी नहीं है । पगड़ी न हो तो वह बड़े दुबले नज़र आते हैं । हम दोनों भाई भी घर में से निकलकर घर के चबूतरे पर खड़े हो गए हैं । मैं खंभे के साथ बँधे आदमी को देखे जा रहा हूँ । उसका चेहरा गोरा-सा है और भूरे रंग की दाढ़ी है जिस पर एक ओर से अब खून चू रहा है ।

पिता जी बाबा नूरू से धीरे-धीरे कुछ कहने लगे हैं । फ़ैज़अली अभी भी उस आदमी को और अधिक कसकर बाँधे जा रहा है, पर बाबा नूरू ने छड़ी चलाना बंद कर दिया है ।

''ओ बाबू, तुम्हें कुछ नहीं मालूम । यह खज़ीर का तुख़्म किसी दूसरे महल्ले से आया है ।'' और बाबा नूरू छड़ी उठाकर फिर उस आदमी के कंधों को पीटने लगा है । बाबा नूरू ऊँची आवाज़ में कुछ कहे जा रहा है जो मेरी समझ में नहीं आ रहा है ।

फ़ैज़अली उस आदमी के लटकते कोट की जेब में हाथ डालकर एक बोतल निकाल लाया है और पिता जी को दिखा रहा है । उसमें पीले रंग का थोड़ा-सा पानी पड़ा है । और उस पर फिर से नूरू की छड़ी बरसने लगती है ।

पिता जी धीरे-धीरे बात कर रहे हैं । खोमचा लुट जाने पर वह बहुत ऊँचा-ऊँचा बोलते हैं । पर अब वहाँ खड़े फ़ैज़ अली और बाबा नूरू को समझा रहे हैं । फ़ैज़अली के भी हाथ अब कुछ-कुछ ढीले-से पड़ गए हैं, हालाँकि किसी-किसी वक्त गुस्से से वह उस आदमी को ज़ोर से घूँसे मारने लगता है, जिससे उस आदमी का सिर दाएँ-बाएँ झूलने लगता है ।

पिता जी लौट रहे हैं । ड्योढ़ी लाँघकर वह सीधा अपने दफ़्तर की ओर घूम गए हैं । वह दफ़्तर के दरवाज़े की साँकल खोल रहे हैं, जब माँ ऊपर जंगले पर पहुँच जाती है । इस बीच माँ सीढ़ियाँ चढ़कर फिर ऊपर चली गई थी, शायद छज्जे पर से सबकुछ देखने के लिए, या तुलसी को रोके रखने के लिए ।

''बताओ तो सही जी, क्या बात हुई है ?''

''कुछ नहीं, कुछ नहीं ।''

''फिर भी कुछ तो है ! आदमी को खंभे से बाँधकर मार रहे हैं ।''

''वह इन्हीं का कोई आदमी है । यहाँ किसी कोठरी में बैठा शराब पी रहा था और ... '' फिर हमें खड़ा देखकर चुप हो जाते हैं ।

और पिता जी अंदर चले जाते हैं ।

हम भागते हुए फिर छज्जे पर पहुँच गए हैं, क्योंकि उधर से फिर से शोर सुनाई देने लगा है । चरनी की ओर से कुछ लोग लाठियाँ उठाए भागते चले आ रहे हैं और ऊँची आवाज़ में गालियाँ बक रहे हैं । इधर फ़ैज़अली भागकर अपनी कोठरी में से 'बेलचा' उठा लाया है । कोठरियों में से करमख़ान का बेटा और फ़तहदीन लाठियाँ लेकर खंभे के पास पहुँच गए हैं । चरनी की ओर से

आनेवाले तीन आदमी आते ही फ़ैज़अली और बाबा नूरू पर टूट पड़े हैं । फ़ैज़अली ने आगे बढ़कर एक आदमी के मुँह पर 'बेलचा' दे मारा है जिससे उसका जबड़ा कट गया है और ख़ून का फ़व्वारा छूट पड़ा है । बाबा नूरू के सिर पर से भी खून बहने लगा है । एक आदमी बँधे हुए आदमी को खोल रहा है । बग़लवाली गली में से सूबेदार का भतीजा हॉकी उठाए हुए पहुँच गया है और आते ही एक आदमी की पीठ पर हॉकी दे मारी है । महल्ले के बहुत-से लोग बाहर निकल आए हैं और ऊँचा-ऊँचा बोलते हुए लड़ाई बंद कराने लगे हैं । इनमें अतरसिंह हलवाई भी है, जिसकी पगड़ी कभी एक जगह पर तो कभी दूसरी जगह पर नज़र आती है । चरनी की ओर से दो आदमी और लाठियाँ उठाए भागे चले आ रहे हैं उनके पीछे-पीछे दो औरतें भी भागती आ रही हैं । एक ने अपनी जूतियाँ हाथ में उठा रखी हैं ।

भीड़ में अब खंभे से बँधा आदमी नज़र नहीं आ रहा है । लाठियाँ भी अब हवा में कम उठ रही हैं और माता जी ने खींचकर हम दोनों को छज्जे पर से हटा लिया है ।...

पिता जी नीचे दफ़्तर में फिर से काम करने लगे हैं । वह क्या काम करते हैं, मैं नहीं जानता । वह दफ़्तर में बैठते हैं और एक उँगली से चिट्ठियाँ टाइप करते हैं । बृहस्पतिवार के दिन उनकी विलायती डाक होती है, तब वह दिन-भर दफ़्तर में बैठे रहते हैं । तब कोई भी उन्हें बुला नहीं सकता, माँ भी नहीं । वह माँ को कपड़ों के नमूने देते हैं जिन पर से बहिनें तसवीरें उतार लेती है और माँ उन नमूनों से हमारे कुर्ते और पाजामे सीती है । उसके पास एक बड़ा-सा बक्स है, जिसमें पेंसिलें-ही-पेंसिलें हैं और रंग-रंग के प्याले भी हैं, जिनमें से कुछेक प्यालों पर अंग्रेजी में कुछ लिखा रहता है । फिर घर में 'व्यापारी' आते हैं और पिताजी उनके साथ दफ़्तर में बैठे बातें करते रहते हैं ।

"तुलसी !" नीचे आँगन से पिता जी की आवाज़ आती है । मैं भागता हुआ जंगले पर जाता हूँ ।

आँगन में पिता जी खड़े हैं । पर उनके ऐन पीछे दो आदमी खड़े हैं, जिनमें से एक के सिर पर रूमी टोपी है । दूसरे ने सिर पर 'मुशद्दी लुंगी' पहन रखी है और नीचे लट्ठे की खूब चौड़ी सलवार पहने हुए है । दोनों मुसलमान हैं । मैं भागकर माता जी के पास सुफ़े में आता हूँ जहाँ वह सिलाई मशीन के पीछे बैठी फिर से कपड़े सीने लगी हैं ।

"माता जी, नीचे दो मुसलमान आएँ हैं ।"

माता जी पहले तो भौचक्की-सी मेरी ओर देखने लगती हैं, फिर धीरे से उठकर बाहर जंगले की ओर जाने लगती हैं । तुलसी छज्जे की ओर से आँखें मलता, भागता हुआ आता है और सीधा सीढ़ियों की ओर चला जाता है । इस बीच पिता जी दफ़्तर के अंदर चले गए हैं और उन्होंने अंदर से दरवाज़ा बंद कर लिया है । माता जी जंगले पर खड़ी तनिक झुककर यह सुनने की कोशिश कर रही हैं कि अंदर से किस क़िस्म की आवाज़ें आ रही हैं । पर कोई भी आवाज़ सुनाई नहीं देती । माँजी वहाँ से हटकर फिर से अपने सुफ़े की ओर जाने लगती हैं जब तुलसी जल्दी में सीढ़ियाँ चढ़कर ऊपर आ जाता है ।

"माता जी, दो 'बपारी' आए हैं, पिता जी कहते हैं उनके खाने के लिए कुछ भेजो ।"

"जा, चूल्हा जला, चाय का पानी रख ।" माँ कहती है और रसोईघर की ओर जाने लगती है ।

रसोईघर के बाहर एक आले में दो चीनी की प्लेटें, दो फूलदार प्याले, और एक नमूने की चायदानी रखे रहते हैं । इनमें हम कभी भी खाना नहीं खाते । ये सदा वहीं पर पड़े रहते हैं । ये मुसलमान व्यापारियों के लिए हैं । इनमें मुसलमान व्यापारियों को खाना और चाय दी जाती है, और जब वे चले जाते हैं तो माँ इन्हें जलते अंगारों और गरम राख़ से साफ़ करती है और फिर इन्हें आले में रख देती है ।

यह जानकर कि वे केवल 'बपारी' हैं और पिता जी के साथ झगड़ने के लिए नहीं आए हैं, मैं बेधड़क होकर नीचे चला जाता हूँ और हौले से दरवाज़ा खोलकर दफ़्तर के अंदर पहुँच जाता हूँ ।

पिता जी चमड़े के लंबे बेंच पर बैठे हैं और उनके हाथ में सफ़ेद चमकता-सा डोरी का टुकड़ा है ।

"सवा छः पिनी, खान जी, इससे कम वारा नहीं खाता । कितनी पेटियाँ लिखूँ ?"

"दाम ज़्यादा है ।" मुशद्दी लुंगीवाला मुसलमान कहता है ।

"आपके लिए क्या ज़्यादा है ख़ान जी," और पिता जी हाथ बढ़ाकर उसकी ठुड्डी को छू रहे हैं ।

"ऐसी डोरी तो अब बनती ही नहीं । एक फ्रांसवाला है जो बनाता है ।

बाक़ी बनानेवाले तो सब लाम में मर-खप गए ।"

"दाम ज़्यादा है ।" मुशद्दी लुंगीवाला फिर कहता है ।

"कितनी गेटियाँ लिखूँ ? बहुत सोचा नहीं करो ख़ान जी, सारे पेशावर में मैं सिर्फ़ आपको यह डोरी देता हूँ । चलो, न तुम्हारी बात न मेरी, छः पिनी होगा । इससे कम नहीं हो सकता । वारा नहीं खाता, ईमान से ख़ान जी, वारा नहीं खाता ।"

'बपारी' मुसलमान में और महल्ले के मुसलमान में बड़ा फ़र्क है । 'बपारी' मुसलमानों के साथ पिता जी हँस-हँसकर बातें करते हैं, उनकी ठुड्डी को हाथ लगाते हैं, उन्हें चाय पिलाते हैं, खाना खिलाते हैं । महल्ले के मुसलमान म्लेच्छ हैं, वे बकरे की सिरी भूनते हैं, वे हिंदुओं के खोमचे लूट लेते हैं और उनके बच्चे इश्क़िया गीत गाते हैं । और गंदी गालियाँ देते हैं, इसलिए पिता जी उनके साथ हमें खेलने नहीं देते ।

तुलसी खाने का सामान लाने लगा है ।

और पिता जी ने मुझे ऊपर चले जाने को कहा है । मैं सीढ़ियाँ चढ़ता हुआ छज्जे पर जा पहुँचता हूँ । सड़क पर भीड़ बहुत-कुछ छँट चुकी है । दो खाटों पर आदमी पड़े हैं, और उन पर सफ़ेद चादरें डाल दी गई हैं । पुलिस के सिपाही भी इधर-उधर घूम रहे हैं । वह औरत, जिसने जूतियाँ हाथ में उठा रखी थीं, एक खाट के पास बैठी है और एक खाट की बाँहों पर हाथ पटक-पटककर रो रही है । मैं देर तक छज्जे पर खड़ा रहता हूँ । काफ़ी देर बाद खाटें उठा दी जाती हैं, और कुछ लोग उन खाटों के पीछे-पीछे महल्ले के बाहर जाने लगे हैं ।

हम दोनों भाई सीढ़ियाँ उतरकर नीचे आ गए हैं । जंगले पर दोनों बहनें खड़ी नीचे आँगन में देखे जा रही हैं । नीचे तुलसी पिता जी के सामने खड़ा है । उसने सिर पर पगड़ी बाँध रखी है, और लंबा, पिता जी का पुराना कोट पहने हुए हैं । जब से वह हमारे साथ बैठकर पढ़ने लगा है, वह बाहर जाते वक्त हमेशा पगड़ी बाँधकर जाता है । नंगे सिर कभी नहीं जाता ।

"मुरदूद कहीं का, वापस ले आया है । बाबू से मेरा नाम लेकर कहता तो वह ले लेता ।"

''रोज नाम ही तो लेता हूँ जी पर अब वह नहीं लेता । ले में बंद हो चुकी थी ।''

मैं समझ गया हूँ कि बात क्या है । शाम को चिट्ठियों के कारण लगभग रोज ही पिता जी तुलसी को डाँटते हैं । चिट्ठियाँ डालने का 'बंबा' जो पर के सबसे नज़दीक है, वह है अतरसिंह हलवाई की दुकान के पास, घर के बहुत नज़दीक है । वहाँ से डाक धूप-रहते निकलती है । इसके आगे चौक के पार डाकखाना है, वहाँ से डाक साढ़े पाँच बजे निकलती है, जब धूप ढल चुकी होती है, लेकिन अँधेरा पड़ने में अभी देर होती है । फिर शहर का बड़ा डाकखाना हमारे घर से बहुत दूर तलवाड़ाँवाला बाज़ार में है, वहाँ डाक सात बजे, अँधेरा पड़ने पर निकलती है । और स्टेशन पर से डाक नौ बजे तक निकलती है । और अगर इससे भी ज़्यादा देर हो जाए तो चिट्ठियाँ रेलवे स्टेशन पर 10 बजे छूटनेवाली रेलगाड़ी में भी डाली जा सकती हैं । तुलसी अक्सर शहर के बड़े डाकखाने में चिट्ठियाँ डालने जाता है जहाँ से डाक सात बजे निकलती है । आज वह चिट्ठियाँ लौटा लाया है ।

''तुझसे कोई काम ही हो नहीं सकता । तू सिर्फ़ रोटियाँ तोड़ना जानता है । अब मेरा मुँह क्या देख रहा है, भागकर स्टेशन पर जा । सीधा, नाला पार करके जा और चिट्ठियाँ डालकर आ ।''

''इस घर की हर बात निराली है ।'' माँ कह रही है, जो रसोईघर में से चलकर जंगले पर आ गई है । ''घर से दो कदम पर डाक का 'बंबा' है, ज़रा पहले चिट्ठियाँ लिख दिया करो तो खड़े-खड़े काम हो जाया करे । अब तुलसी कब आएगा लौटकर ? घर का सब काम पड़ा है ।''

''तू अपना काम देख भली लोग, तू क्यों बीच में बोलती है ?''

''घरवालों को तो नियम का उपदेश देते हो · · ·'' माँ जंगले के पास खड़ी कह रही है । पिता जी सीधे घड़ीवाले सुफ़े में चले गए हैं और वहीं पर बड़बड़ाए जा रहे हैं ।

पिता जी का बड़बड़ाना सुनकर हम सबके दिल दहल जाते हैं । अभी झगड़ा बढ़ जाएगा । छोटी बहन चुपके-से माँ के पास आ खड़ी होती है, और माँ का पल्ला खींचती हुई कह रही है, ''तुम कुछ मत कहो माँ, उन्हें कहने दो ।''

''मैंने क्या बुरा कहा है, जो उसे भेजना हो तो वक्त पर भेजा करें । यह कोई डाक डालने का वक्त है ? तुलसी रोज स्टेशन पर चिट्ठियाँ डालने जाता है ।''

"बस माँ, तुम कुछ मत कहो," विमला फिर माँ का पल्ला खींचती हुई फुसफुसाकर कहती है ।

पिता जी पुराना सुफ़ा लाँघकर, पिछली कोठरी में पहुँच गए हैं ।

"तुम लोग करते क्या हो ? अभी तक लैंप नहीं जलाए ?"

"जा लैंप जला, विद्या ।" माँ कहती है । "घर में काम का वक्त होता है तो तुम तुलसी को चिट्ठियाँ डालने भेज देते हो ।"

पिता जी गुस्से से भभक उठते हैं, "दफ़्तर का काम भी मैं तुमसे पूछकर किया करूँ ?"

माँ अलसाए, थके-से ढंग से जंगले पर से घूम जाती है, "जो मन में आए करो । ज़िंदगी में पहले कौन-सा सुख मिला है, जो अब मिलेगा ।"

"जा रहा हूँ, जा रहा हूँ । मुझसे सुख नहीं मिला तो मेरा मुँह नहीं देखना ।"

और पिता जी सीढ़ियाँ उतरने लगे हैं । सीढ़ियों पर भी गुस्से से बड़बड़ा रहे हैं, "इसे मुझसे सुख नहीं मिला ।"

माँ चौके में जाकर बैठ जाती है । उसका मुँह क्षोभ से तमतमा रहा है ।

हम चारों भाई-बहनें उसके आसपास दबककर बैठ गए हैं । घर में गहरा मौन, गहरा अवसाद छाया है । बलदेव माँ का पल्ला पकड़कर रूँआसी आवाज़ में पूछता है, "अब पिता जी नहीं आएँगे क्या ?"

"मुझे नहीं मालूम ।" माँ कहती है और दूसरी ओर देखने लगती है ।

बलदेव रोने लगा है, "पिता जी चले गए हैं, अब पिता जी नहीं आएँगे ।" उसका रोना बढ़ता जा रहा है । माँ एकटक भाई की ओर देखती है, मगर मुँह से कुछ नहीं कहती । छोटी बहन विमला उठकर बलदेव के पास आती है और अपनी चुन्नी से उसके आँसू पोंछकर कहती है : "न रो, न रो, वीर मेरा, मत रो ।" और खुद रोने लगती है । हम चारों भाई-बहनें सिसकने लगे हैं ।

माँ हाथ-पर-हाथ मारकर कहती है, "मैं पापिन, मेरी ज़बान मेरे वश में नहीं है, मैं सारा वक्त बकती रहती हूँ..." फिर दोनों हाथ जोड़ देती है, "हे भगवान, मुझे, 'सुमत लाओ' (सुमति दो), मैं बोलती बहुत हूँ ।" और सहसा अपनी बैठने की चटाई पीछे खिसकाकर दीवार के साथ पीठ लगाकर कहती है, "आज से मैं मौन रखूँगी । बस, अब मैं नहीं बोलूँगी ।"

क्षोभ के कारण उसका चेहरा अभी भी तमतमा रहा है । हम सभी माँ के मौन को जानते हैं । हर पाँचवें-छठे दिन माँ मौनव्रत रखती है और चुपचाप

बिना बोले घर का काम करने लगती है । छोटे-मोटे काम विद्या-विमला को इशारे से समझाती रहती है । विमला, सदा की तरह आज भी स्लेट और स्लेटी पेंसिल उठा लाई है, क्योंकि माँ को लिखकर समझाना पड़ता है ।

घर का वातावरण पहले से भी ज़्यादा बोझल हो गया है । तुलसी अभी तक नहीं लौटा । चूल्हे में जलती आग धीरे-धीरे मंद पड़ती जा रही है । विद्या ने केवल एक ही लैंप जलाया है, जो सीढ़ियों के पास आले में रखा है ।

''माता जी, 'तंदूर' जलाऊँ ?'' विद्या पूछती है ।

माँ पहले तो चुप रहती है, फिर सिर हिला देती है । इसका मतलब विद्या की समझ में नहीं आता ।

''जलाऊँ या नहीं ? या तुलसी आकर जलाएगा ?''

माँ फिर से सिर हिला देती है। बहनें एक-दूसरी की ओर देखती हैं । अब दोनों बहिनें घुटनों पर ठुड्डी रखे फ़र्श की ओर ताकती हुई चुपचाप बैठी हैं ।

''सुनती हो ?'' इतने में नीचे से आवाज़ आती है । पिता जी की आवाज़ है, ''सुनती हो, बलदेव की माँ, बछड़ा दूध पी गया है । यह तुलसी एक बार जाए तो लौटने का नाम ही नहीं लेता ।''

बलदेव उछलकर जंगले पर जा पहुँचा है ।

''आप आ गए पिता जी ?''

''मैं अभी गया ही कहाँ हूँ । माँ से कह, अब मैंने बछड़े को बाँध दिया है । बहुत नुक़सान नहीं हुआ । मैं अभी आ रहा हूँ ।''

इसके बाद दरवाज़ा बंद होने की आवाज़ आती है । हम फिर से चहकने लगे हैं । बलदेव माता जी के कंधों को पकड़े, उनके पीछे खड़ा बार-बार उनसे कह रहा है, ''अब मौनव्रत तोड़ दो माता जी, अब पिता जी कहीं नहीं जाएँगे ।''

हम सभी उनसे आग्रह करते हैं । माँ दृढ़ नहीं है । वह थोड़ी देर बाद गहरी साँस लेकर मौन तोड़ती हुई कहती है, ''चल मना, मेरे कमर मेरे साथ, उनके करम उनके साथ ।''

और उठकर फिर से आग जलाने लगती है । घर का वातावरण फिर से थोड़ा हल्का होने लगा है ।

रात गहरी होने लगी है । आज माँ भोजन के बाद बतियाने के लिए पिता जी के कमरे में नहीं गई है । पिता जी रोज की तरह सुफ़े में धीरे-धीरे ऊपर-नीचे टहल रहे हैं । माँ अपनी खाट पर अँधेरे में बैठी सहसा गाने लगी है । माँ बहुत

उत्तेजित अथवा व्याकुल हो तभी अकेले में गाने लगती है :

उस कर्ता से डरते रहिए
कर्ता जो चाहे कर दे ।

पिता जी के कदमों की आवाज़ बीच-बीच में सुनाई देती जाती है ।

पल में राजा राज-गदी पर,
पल में हो गई चल भाई चल ।

कोई और दिन होता तो पिता जी डाँट देते, क्योंकि उन्हें ऐसे गीत पसंद नहीं हैं । पिता जी उन्हें 'विराग' के गीत कहते हैं । पर आज वह चुप हैं और चुपचाप टहल रहे हैं । तुलसी चौका समेटकर छज्जे पर सोने चला गया है । सभी लैंप बुझा दिए गए हैं । घर में घुप्प अँधेरा है । माँ गाए जा रही है :

उस कर्ता से डरते रहियो,
कर्ता जो चाहे कर दे ···

''तुम चेतक हो । तुम यों गर्दन हिलाना, यों-यों । मैं कूदकर तुम्हारी पीठ पर चढ़ जाऊँगा ।'' रसदवाली कोठरी में भाई मुझे समझा रहा है, ''तुम भागते हुए उस कोने में चले जाना ।''

रसदवाली कोठरी का दरवाज़ा पुराने सुफ़े में खुलता है, पर उसे इस वक़्त बंद कर दिया गया है ।

''पीछे से जाओ और बड़ी बहन जी की चुन्नी उठा लाओ ।''

''वह किसलिए ?''

''राणा प्रताप पगड़ी बाँधते थे, तूने तस्वीर नहीं देखी ? जा, झटपट ले आ ।''

मैं छज्जे की ओर से कूदकर पुराने सुफ़े में पहुँच जाता हूँ, जहाँ रसदवाली कोठरी के बंद दरवाज़े के सामने नाटक के दर्शक—छोटी बहन, बड़ी बहन, और उनकी एक सहेली मनोरमा—बैठे हैं । पहला नगाड़ा बजाया जा चुका है, इसलिए मैं झट-से बड़ी बहन के सिर पर से चुन्नी खींचकर उन्हीं क़दमों से छज्जे की ओर भाग जाता हूँ । बहिन चिल्लाती है, फिर हँसने लगती है ।

मैं मंत्रमुग्ध-सा भाई के चेहरे की ओर देखे जा रहा हूँ । कोयला पीसकर बनाई गई स्याही से भाई ने मूँछें बना रखी हैं, कोने पर से उसका कतरा बहकर

ठुड्डी की ओर जाने लगा है, लेकिन भाई अभी उसे ठीक कर लेगा। कोई काम नहीं, जो भाई नहीं कर सकता।

"तुलसी ! दूसरा नगाड़ा बजाओ।"

छज्जे पर बैठा तुलसी टीन पीटता है। नगाड़ा छज्जे पर रखा गया है ताकि नाटक की सूचना सारे महल्ले को दी जा सके।

भाई पगड़ी बाँध रहा है। फिर उस पर कलग़ी लगाएगा—तोते का गिरा हुआ पंख। मैं गत्ते की तलवार उसके कमरबंद में खोंस रहा हूँ।

"सिर हिलाना नहीं भूलना—यों, यों, घोड़े ऐसे ही सिर हिलाते हैं।" वह कह रहा है।

सहसा नीचे से आवाज़ आती है, "तुलसी !" पिता जी की आवाज़ है।

"तुलसी ! नीचे आओ, सामान उतारो।"

तुलसी नगाड़ा छोड़कर गुसलख़ाने के रास्ते जंगले की ओर भागता हुआ चला गया। बंद दरवाज़े के पीछे पुराने सुफ़े में से दोनों बहनें भागकर छज्जे पर जा पहुँची हैं। राणा प्रताप और चेतक एक-दूसरे की ओर देखते हैं, "घर में कोई आया है।"

हम दोनों भागकर छज्जे पर जाते हैं। घर के सामने एक बस खड़ी है। एक आदमी, जिसके मुँह-सिर पर धूल की गहरी परत जमी है, एक ट्रंक उठाकर नीचे खड़े तुलसीराम को पकड़ा रहा है। बस के पास पाँच-छः व्यक्ति खड़े हैं।

"कश्मीर से हमारी बहनें आई हैं।" विद्या चहककर कहती है, और दोनों बहनें भागती हुई सीढ़ियाँ उतरने लगती हैं। हम दोनों भाई भी सरपट भागते हुए नीचे पहुँच जाते हैं।

एक महिला झुककर मुझे छाती से लगा लेती है, "हाय, इसे खाने को कुछ नहीं देते हो, भाया जी, देखो तो कितना दुबला हो रहा है !" वह कहती है और बार-बार मेरा मुँह चूम लेती है।

पहली बार मुझे किसी नई गंध का भास होता है, जो शायद उस महिला के गर्म कपड़ों से आ रही है। कश्मीर से आनेवाले लोगों के कपड़ों की महक। एक ऊँचे कद का आदमी पिता जी से गले मिल रहा है। दोनों ने बड़ी-बड़ी पगड़ियाँ पहन रखी हैं। क्या इतने बड़े-बड़े लोग भी गले मिलते हैं ?

महिला के पीछे लंबे गर्म कोट पहने तीन लड़कियाँ खड़ी हैं। एक की आँखों पर चश्मा है, सुनहरे फ्रेम का चश्मा। तीनों भाई की ओर देखकर हँस रही हैं।

भाई ने सिर पर बहन जी की चुन्नी बाँध रखी है और काली स्याही से बनाई मूँछें अब तक सारी ठुड्डी पर फैल चुकी हैं । एक गोरे रंग का युवक जो भाई से कहीं बड़ा है, बस पर से सामान उतरवा-उतरवाकर तुलसी को दे रहा है ।

क्या ये लोग उसी पहाड़ के पीछे से आए हैं जो मकान की छत पर से नज़र आता है ?

हम पुराने सुफ़े में पहुँच गए हैं । वही युवक अब एक खाट का पायताना कस रहा है । यह उन तीन बहनों का भाई है । एक पैर खाट की बाँही पर रखता है, फिर जीभ निकालकर होंठों से दबाता है, फिर दोनों हाथों से रस्सी को खींचता है । खींचते ही उसका मुँह लाल हो जाता है, सच्चे ब्रह्मचारियों की तरह । हम दोनों भाई उसे एकटक देखे जा रहे हैं । साथवाली खाट पर कश्मीर की हमारी तीनों बहिनें बैठीं हैं, उसी खाट पर हमारी दो बहनें भी बैठ गई हैं ।

तुलसी गर्म-गर्म चाय के गिलास थाली में रखकर लाया है ।

''कश्मीर में तो हम नमकवाली चाय पीते हैं,'' ऐनकवाली लड़की कहती है ।

भाई अँगीठी के पास खड़े पायताना कसनेवाले युवक को मंत्र-मुग्ध देखे जा रहा है । मैं एक खाट की बाँही पर सकुचाता-सा बैठा हूँ ।

''उँह, नमकवाली चाय तो होती ही नहीं है ।'' मैं झट-से कह देता हूँ ।

''वाह, होती क्यों नहीं, मत्तू कहीं का ! कश्मीरी लोग नमकवाली चाय ही तो पीते हैं ।''

मैं पहले से भी अधिक विस्मित हो उठता हूँ ।

''वहाँ तो हम बाकरखानियाँ भी खाते हैं ।'' सबसे छोटी लड़की कहती है । लारी पर से उतरने पर उसका चेहरा लाल हो रहा था, अब पीला पड़ गया है, पर उसके दाँत बहुत चमकते हैं ।

''कभी बाकरखानी खाई है ?'' वह मुझसे पूछती है । मैं सिर हिला देता हूँ ।

किस नई दुनिया के लोग हैं ? न मैंने कभी ऐसी बातें सुनी हैं, न ऐसे नाम, न कभी ऐसे कपड़े देखे हैं, न कपड़ों से उठनेवाली ऐसी गंध का अनुभव किया है । क्या ये परियाँ हैं ?

''मुझे सारी संध्या याद है,'' उनकी श्रेष्ठता को कबूलने से इनकार करते हुए मैं झट-से कह देता हूँ ।

"मुझे भी," वह हँसकर कहती है । "तुझे श्लोक आते हैं ?"

"श्लोक क्या होते हैं ?" मैं झेंपकर पूछता हूँ ।

"हाय, इसे यह भी मालूम नहीं, श्लोक क्या होते हैं, मत्तू कहीं का !" वह हँसकर अपनी बहनों से कहती है । सभी बहनें मुड़कर मेरी ओर देखती हैं ।

"आओ, सभी श्लोक बोलें ।" ऐनकवाली बहन कहती है, और तीनों बहिनें खाट पर पालथी मारकर बैठ जाती हैं ।

"हाय, यहाँ बड़ी गर्मी है," चौड़े मुँह और घुँघराले बालोंवाली उनकी बड़ी बहन अपनी शाल उतारकर कहती है, "वहाँ तो हम सारा वक्त बुख़ारी के सामने बैठी रहती हैं ।"

"बुख़ारी क्या होती है ?" मैं सोचता हूँ । मैं फिर सकुचाने लगा हूँ, हीन अनुभव करने लगा हूँ । बाकरख़ानियाँ क्या होती हैं, मत्तू क्या होता है, मैं आँखें फाड़े उनकी ओर देखे जा रहा हूँ ।

तीनों बहनें पालथी मारे श्लोक बोलने लगी हैं :

त्वमेव माता च पिता त्वमेव,
त्वमेव बंधुश्च सखा त्वमेव ।

उनका भाई भी उनके साथवाली खाट पर आकर बैठ गया है, और उनके साथ श्लोक बोल रहा है ।

ये कश्मीर के श्लोक हैं, मैं सोचता हूँ, कश्मीर की बाकरख़ानियों की तरह, और नमकवाली चाय की तरह । इन्हें ये कश्मीर से लाई हैं ।

तुलसी अभी भी दहलीज़ पर खड़ा है और कश्मीरी श्लोक सुने जा रहा है । कश्मीरी श्लोक बोलते समय आँखें बंद नहीं की जातीं, और बीच में एक-दूसरे के साथ बात भी की जा सकती है, और खाट पर टाँगें लटकाकर बैठा भी जा सकता है ।

"इसे भी मंत्र आते हैं," हमारी बड़ी बहन तुलसी की ओर इशारा करके कहती है ।

"यह पढ़ता भी है, सारी प्रवेशिका पढ़ लेता है ।" छोटी बहन बड़े गर्व से कहती है, मानो जतलाना चाहती हो कि अगर आपके पास बाकरख़ानियाँ और श्लोक हैं तो हमारे पास दिखाने को तुलसी है ।

"इसे भजन भी आते हैं," वह कहे जा रही है । "एक भजन इसे मैंने सिखाया है ।"

"सुनाओ फिर ! कौन-सा भजन आता है ?"

"हम केवल 'ईश्वराउस्तति' के भजन गाते हैं, और कोई भजन नहीं गाते ।"

"तू यहाँ मौज-मेला कर रहा है, तुझे काम-वाम कोई नहीं ?" माता जी की कड़कती हुई आवाज़ आती है । वह दोनों हाथ कमर पर रखे दरवाज़े में खड़ी हैं और तुलसी को डाँट रही हैं, "इस घर का कोई 'चाला' हो तो कोई कहे । मैं जो मरने के लिए रसोई में बैठी हूँ ! किसी को क्या परवाह ! चल मर, अब खड़ा मुँह क्या देख रहा है ?"

तुलसी खिन्न और अवाक् सिर नीचा किए कमरे से बाहर निकल जाता है ।

माता जी बड़बड़ाती हुई रसोई की ओर लौट रही हैं ।

"तुम भी जाओ, मामी जी के साथ काम कराओ !" घुँघराले बालों वाली बड़ी बहन अपनी बहनों से कहती है । स्तब्धता छा गई है और एक-एक करके सभी लोग उठ जाते हैं ।

दूसरे दिन सभी ने अपनी-अपनी उम्र के मुताबिक़ अपने साथी चुन लिए हैं । मेरी बड़ी बहनें बड़ी लड़की को अपनी अलमारी दिखा रही हैं, जिसमें उनकी किताबें रखी हैं । ऐनकवाली लड़की को बलदेव तीर-कमान के खेलों की बातें सुना रहा है ।

"मैं लेटकर पैर के अँगूठे से तीर चला सकता हूँ । शीशे में से देखकर निशाना बाँध सकता हूँ, जैसे अर्जुन बाँधा करता था ।"

"नाटक खेलते हो ?" वह पूछती है ।

"हाँ, क्यों नहीं । पृथ्वीराज चौहान का, श्रवणकुमार का, महाराणा प्रताप का नाटक खेलते हैं । कल भी खेल रहे थे । मेरा भाई चेतक बनता है, मैं राणाप्रताप ।"

"मुकुट हैं तेरे पास ?"

भाई खिन्न भाव से कहता है, "पगड़ी बाँध लेते हैं ।"

"अच्छा, मैं कल तुम्हें मुकुट बना दूँगी ।"

सबसे छोटी लड़की दीवार के साथ पीठ लगाए, खाट पर बैठी एक मोटी-सी किताब पढ़ रही है । मैं सरकता हुआ उसके पास जा पहुँचता हूँ और खाट के पास खड़ा एकटक उसे देखने लगा हूँ । उसका चेहरा जो पहले पीला था, मेरे देखते-ही-देखते लाल हो गया है । वह किताब पर से आँखें उठाकर मेरी ओर

देखती है, फिर किताब बंद करके बतियाने लगती है, "पता है, हमारी पंडितानी जी को चारों वेद याद हैं !" इस पर होंठ भींचकर सिर हिलाती है और फुसफुसाकर कहती है, "और पता है, उनके पति जो हैं, वह एक आँख के काने हैं" और फिर होंठ भींचकर सिर हिलाती है । "वह छिपकर मूर्ति-पूजा करते थे, इसीलिए काने हो गए ।"

मैं देर तक उसके चमकते दाँतों की ओर देखता रहता हूँ, "तेरे दाँत मोतियों के बने हैं ?" मैं उससे पूछता हूँ ।

वह क्षण-भर चुपचाप मेरी ओर देखती रहती है, फिर हँस पड़ती है, "मत्तू, मोतियों के तो हार बनते हैं, कभी दाँत भी बनते हैं ? आ देख, तुझे अपने दाँत दिखाऊँ ।" और वह मेरे हाथ की उँगली पकड़कर अपने दाँतों पर फेरती है ।

"हमारे पंडित जी कहते हैं, स्त्रियों के चेहरे की ओर देखना पाप होता है ।' मैं धीरे-धीरे कह रहा हूँ । "पर तुम तो स्त्री नहीं हो, तुम तो लड़की हो ।"

वह सिर हिलाती है ।

"हमारे पंडित जी भी बड़े पापी हैं । उन्होंने कोई पाप किया था, जिससे उनकी नाक चपटी हो गई है ।"

मैं कहता हूँ और उसी की तरह होंठ भींचकर सिर हिलाने की कोशिश करता हूँ ।

बाहर आँगन में से आवाज़ें आने लगी हैं । दोनों बड़ी बहिनें अलमारी से हटकर दरवाज़े में खड़ी हो गई हैं और आँगन की ओर देखे जा रही हैं ।

आँगन में कश्मीरवाला बड़ा भाई कूदने की रस्सी हाथ में लिए हुए उस पर कूदता हुआ भागकर सारा आँगन पार कर गया है । और उन्हीं क़दमों से लौटकर कूदता हुआ चला आ रहा है । वह सच्चा आर्यवीर है । बड़े से बड़ा काम कर सकता है । उसके सिर पर की चुटिया हमारी चुटिया से बड़ी है, और उसमें वह असल ब्रह्मचारियों की गाँठ लगाए रहता है । मेरी ईर्ष्या का केंद्र उसकी चुटिया है, वह जब भी भागता है तो उसकी चुटिया उसके सिर पर उछलती है, जबकि हम भाइयों की चुटिया कान के पास अधमरी-सी लेटी रहती है । उनकी चुटिया को देखकर कल रात ही मैंने अपनी पतली-सी चुटिया में गाँठ लगा ली थी, जिससे वह और भी छोटी हो गई है ।

अब उसने रस्सी पर कूदना छोड़ दिया है । उसकी दो बहनें आँगन में एक-दूसरे के सामने फ़र्श पर आकर बैठ गई हैं, और पैर से पैर जोड़कर, और

दोनों टाँगें खूब फैलाकर बैठ गई हैं । आर्यवीर भागता हुआ आता है और एक ही छलाँग में उनकी टाँगों को पार कर जाता है । देर तक वह करतब करता रहा है । इस बीच वह भाई के साथ कलाई भी पकड़ता है । वह भाई की कलाई पकड़ता है तो भाई उसे छुड़ाने के लिए दाएँ से बाएँ झूलता रहता है, मगर छुड़ा नहीं सकता । जब भाई उसकी कलाई पकड़ता है, तो वह एक ही झटके में छुड़ा लेता है ।

खेलों के बाद मैं सरकता हुआ उसके पास जा पहुँचता हूँ, "आपने भगवान को देखा है ?"

मैं धीरे-से पूछता हूँ । मुझे विश्वास है कि संसार में यदि किसी ने भगवान को देखा है तो इसने ज़रूर देखा होगा ।

वह मेरी ओर हैरान होकर देखता है, फिर धीरे से बड़े आत्मविश्वास के साथ कहता है, "एक बार देखा था ।"

मैं अवाक् उसके चेहरे की ओर देख रहा हूँ ।

"एक दिन मैं संध्या कर रहा था तो मेरी आँखों के सामने रोशनी-ही-रोशनी फैल गई ।"

मैं सुनते ही मन मसोसकर रह जाता हूँ ।

"तुम्हें कभी रोशनी नज़र आई है ?"

टूटे दिल से मैं सिर हिला देता हूँ ।

"पापियों को नज़र नहीं आती ।" वह निश्चय के साथ सिर हिलाकर कहता है ।

मैं हताश-सा फ़र्श की ओर देखने लगता हूँ । मैं सचमुच पापी हूँ । मेरा भाई भी अनेकों बार मुझे कह चुका है । मैंने दो बार दोपहर के वक्त रसोईघर में छिपकर शक्कर खाई है, और किसी को बताया नहीं । मेरे मुँह से गंदी गालियाँ भी निकल जाती हैं जो मेरे भाई के मुँह से नहीं निकलतीं, जिस कारण माँ कितनी ही बार मेरे मुँह में लाल मिर्चें डाल चुकी है । मेरा चेहरा भी पापियों-जैसा पीला रहता है, जबकि इसका चेहरा—और मेरे भाई का चेहरा भी—ब्रह्मचारियों-जैसा लाल और दमकता रहता है ।

"यहाँ छिपा खड़ा है ? मैं घंटे-भर से तुझे ढूँढ़ रही हूँ ।" माँ की कड़कती आवाज़ सीढ़ियों की ओर से आई है और सारे घर में गूँज गई है ।

हम सभी लड़के और लड़कियाँ भागकर सीढ़ियों की ओर जा पहुँचे हैं ।

ऊपर जानेवाली सीढ़ियों के बीचोंबीच दीवार के साथ पीठ लगाए तुलसी खड़ा है और माता जी की ओर देखे जा रहा है ।

"बता, यहाँ खड़ा क्या कर रहा है ? मेरी आवाज़ का जवाब क्यों नहीं दिया ? बोलता क्यों नहीं ? बता, यहाँ खड़ा क्या कर रहा था ?"

सीढ़ियों के नीचे, घर के सभी लड़के-लड़कियाँ स्तब्ध-से खड़े हैं, और ऊपर की ओर देखे जा रहे हैं । माँ के दोनों हाथ कमर पर हैं ।

"बोलता क्यों नहीं ? यह तूने कौन-से नए 'चाले' पकड़े हैं ? पहले अच्छा-भला काम करता था, अब तुझे क्या हो गया है ?"

तुलसी अभी भी सीधा माता जी की ओर देखे जा रहा है । मैं डर रहा हूँ ।

माँ की नज़र सहसा तुलसी की कमीज़ के नीचे उभरी हुई किसी चीज़ पर पड़ती है ।

"यहाँ क्या छिपा रखा है ? बता क्या है ? अब तू चोरी भी करने लगा है ?"

माँ आगे बढ़कर उसकी कमीज़ पकड़ लेती है, फिर कमीज़ ऊपर को उठाकर पाजामे के नेफ़े में से कोई चीज़ खींचकर निकाल लेती है । किताब है।

"मैंने इसे दी है, मामी जी, मुझसे किताब माँगता था, मैंने दे दी ।" मेरे निकट खड़ी ऐनकवाली लड़की कहती है ।

माँ फिर कमर पर हाथ रखे उसे देखती रहती है ।

"घंटा-भर से बैठा यहाँ किताब पढ़-मर रहा है, और इसे ढूँढ-ढूँढ़कर मेरी टाँगें टूट गई हैं । ··· नौकरों को पढ़ाई से मतलब ? जो पढ़ना-मरना था तो यहाँ क्यों आया ?"

फिर माँ सिर हिलाकर, क्षुब्ध स्वर में कहती है, "जो अपना घर ही 'बेवाका' हो तो कोई क्या करे ! ··· अब नीचे उतर । मैं काम से कब निबटूँ-मरूँगी, सिर पर यह वक्त आ गया है ।"

तुलसी अभी तो बुत-का-बुत बना खड़ा है । माता जी ने पहले कभी भी बाहर के लोगों के सामने तुलसी को इतना ऊँचा बोल-बोलकर नहीं डाँटा था ।

"अंधेर आया हुआ है । यहाँ कोई काम ठीक तरह से नहीं होता । इसे पढ़ने से फ़ुरसत मिले तो घर का काम करे ।"

सहसा तुलसी उकड़ूँ होकर बैठ गया है और अपना दायाँ बाजू घुटने पर रखकर उसमें जैसे अपना मुँह छिपा लिया है और उसका सारा बदन हिलने लगा है । उसे देखकर सहसा माँ चिल्ला उठी है, "देखो, देखो, यह क्या कर रहा है ।

विद्या-विमला खड़ी-खड़ी मुँह क्या देख रही हो, पिता जी को बुलाओ ।"

"पिता जी घर पर नहीं हैं । वह फूफा जी के साथ कहीं बाहर गए हैं ।" मैं अभी भी नहीं समझ पाया हूँ कि बात क्या है । माँ झुककर तुलसी को झँझोड़ रही है, पर तुलसी अपना मुँह ऊपर नहीं उठाता ।

"छोड़ ! छोड़ !" माँ उसे झँझोड़ते हुए कहे जा रही है ।

"देखो जी, कैसा 'चंदरा' नौकर मिला है । मैंने इसे कुछ कहा भी नहीं, कि इसने अपना बाजू काट खाया है ।"

विद्या भागकर सीढ़ियाँ चढ़ जाती है और वह भी माँ के साथ मिलकर तुलसी के कंधे झँझोड़ने लगती है । तुलसी अभी भी बाजू में अपने दाँत गाड़े हुए है ।

"अब मैं क्या करूँ ?" माँ की आवाज़ काँपने लगी है । "कहाँ हैं, बलदेव के पिता जी ? बलदेव ! वहाँ तुम लोग खड़े क्या मुँह ताक रहे हो ?"

तुलसी ने बाजू पर से मुँह हटा लिया है और वहीं फफक-फफककर रोने लगा है । उसकी खरज गहरी आवाज़ बड़ी भोंड़ी-सी लग रही है । वह बराबर रोए जा रहा है ।

फिर वह सहसा उठकर सीढ़ियाँ उतरने लगा है । इतने लोगों को आसपास खड़े देखकर वह बेसुध-सा, पागलों की तरह सीढ़ियाँ उतर गया है और सीधा छज्जे की ओर चला गया है । उसके दाएँ बाजू पर लाल-लाल खून के थक्कों का एक गोल चक्कर-सा बन गया है ।

"जाओ विमला, रसोई से मिर्चदानी उठा लाओ । भागकर जा ।" और माँ भी सीढ़ियाँ उतरकर छज्जे की ओर जाने लगी है । हम लोग भी छज्जे की ओर जाना चाहते हैं पर कश्मीर की बड़ी बहिन ने हमें रोक दिया है ।...

उसी रात, पुराने सुफ़े में, बड़ी बहिन विद्या, ऐनकवाली कश्मीर की बहिन की खाट के पास खड़ी कह रही है, "आओ, चलो, उठो जल्दी !"

मैंने सुन लिया है । भाई ने भी सुन लिया है । ऐनकवाली बहन उठकर विद्या के पीछे-पीछे जाने लगी है, चुपके-चुपके हम दोनों भाई भी उनके पीछे हो लिए हैं । आँगन में गहरा अँधेरा है, केवल ऊपर आकाश में बहुत ही उजले तारे चमक रहे हैं । अपना घर पराई-सी जगह जान पड़ रही है ।

दोनों बहनें गुसलख़ाने में आकर चुपके-से खड़ी हो गई हैं । हम दोनों भाई भी वहाँ पहुँच गए हैं । छज्जे पर से तुलसी की आवाज़ बहुत धीमी है, धीरे-धीरे ऊँची उठती जाती है । तुलसी सोने से पहले प्रार्थना कर रहा है, जैसे माता जी

करती हैं, जैसे हम घर के सभी व्यक्ति अपनी-अपनी खाट पर बैठकर करते हैं :

हे दयामय, मिघी ऐसा बल
दर्यी छोड़ो जे मेरे हत्थों दूध न उभरे,
वंडा वेले सिर होई जाए, डाक वेले
सिर पई जाए, अज मेरे कोलों
लैंप दी चिमनी टूट गई, भगवान जी,
इस विच मेरा कोई क़सूर नहीं सिया ।
ओह पहले ही तिड़की होई सी । होर,
तुम जाणने ओ भगवान जी, मैं
वेहला ताँ कद्दी वी न बैठा ।
होर मेरी भैण शांति नूँ वल रखियो,
मेरा भिरा अमीचंद नूँ राजी रखियो ।...[1]

विद्या बहन की हँसी फूटने लगी है । इसलिए वह सबसे पहले भागकर गुसलख़ाने में से निकल आई है । उसके पीछे-पीछे हम लोग भी भागकर कमरे में पहुँच गए हैं ।

मैं फिर से खाट पर लेट गया हूँ । माँ की आवाज़ सुफ़े में से आ रही है, "अब पहले वाली बात तो नहीं है कम-से-कम । पहले तो दूसरों को काट खाता था, हर राह-जाते से लड़ाई मोल लेता फिरता था । अब तो अपने को ही काटता है ।"

और माँ हँसने लगी है । मैं अँधेरे में माँ के हिलते पैर को देख रहा हूँ ।

"आर्यसमाजियों का रंग चढ़ रहा है उस पर, क्यों भाया जी ?"

बुआ कहती हैं और वह भी हँसने लगती है ।

लगता है, बहुत-सा अर्सा बीत चुका है । महल्ले की आवाज़ें वही है, पर बहुत-कुछ फीकी पड़ चुकी हैं । आसपास की चीज़ें जो पहले बृहदाकार नज़र

---

1. हे भगवान, मुझे इतना बल दो कि मेरे हाथ से दूध उफने नहीं, सानी-पानी वक्त पर हो जाया करे, मेरे हाथों लैंप की चिमनी जो आज टूटी, उसमें, हे भगवान, मेरा दोष नहीं था, उसमें पहले से ही तरेड़ आ चुकी थी और आप तो भगवान जी जानते हैं कि मैं खाली हाथ तो कभी नहीं बैठता । और मेरी बहन शांति स्वस्थ और प्रसन्न रहे । मेरा भाई अमीचंद ... ।

आती थीं, अब सिकुड़कर छोटी हो गई हैं । घर की चारदीवारी ढह गई है, वे झरोखे टूट गए हैं जिनसे चिपककर मैं गली-महल्ले के जीवन को देखा करता था। मेरे पाँव घर से बाहर आ गए हैं, और बाहर की एक-एक चीज़ अजगर की आँखों की भाँति बलात् मुझे अपनी ओर खींचने लगी हैं । लगता है, बाहर की दुनिया की झलक पाते ही मैं सरपट भागने लगा हूँ । स्मृतियों की जैसे बाढ़-सी आ गई है ।

नीले, हरे और लाल रंग के शीशों से जड़े छज्जेवाले मकान के नीचे एक टाँगा खड़ा है, अभी उसमें दो बुर्केवाली औरतें बैठी हैं, और ताँगा चलता हुआ हमारे घर की ओर आने लगा है । अतरसिंह हलवाई की दुकान के सामने मैं लपककर उसके पायदान पर चढ़ गया हूँ । पायदान पर बोझ पड़ता देख गाड़ीवान ने चाबुक पीछे की ओर घुमा दी है । मेरी पीठ पर तेज़ गरम सलाट पड़ी है, और सारा शरीर जल उठा है । चाबुक मेरे दाएँ कान को भी छू गई है । पर मैं पायदान पर अभी भी जमा हूँ । गाड़ीवान दूसरी बार छाँटा लगाने से पहले घूमकर देखता है, "अरे, यह तो बाबू का बेटा है !" और गर्दन मोड़कर सामने की ओर देखने लगता है । नई-नई सड़कों पर ताँगा चला जा रहा है । चारों ओर से चीज़ें तैरती-सी आँखों के सामने घूम रही हैं । मकान, छतें, टँगे हुए कपड़े, सड़कों पर अनगिनत लोग, हर मोड़ पर दृश्य बदल जाता है, कभी मकान ऊँचे हो जाते हैं, कभी नीचे । ''हर आए-दिन मैं लपककर किसी-न-किसी ताँगे के पायदान पर चढ़ जाता हूँ और शहर के किसी-न-किसी भाग की सैर करता हूँ ।

बरसात की मूसलाधार बारिश हो रही है '' मैं और मेरा भाई लँगोट पहने, बारिश में भागते हुए लुंडा बाज़ार तक जा पहुँचे हैं । गलियों की बड़ी नालियाँ और सड़क का नाला मटियाले लाल पानी से लबालब भर गया है ।

मैं 'लालू' घोड़े की पीठ पर बैठा हूँ और मेरा भाई साथ-साथ चल रहा है । हम शहर के बाहर, गुरुकुल में पढ़ने के लिए जा रहे हैं । जब मकान ख़त्म हो जाएँगे तो सहसा विशाल खेत सामने आ जाएँगे जो दूर पहाड़ तक पहुँच गए हैं । तुलसी पगड़ी पहने और पिता जी का लंबा कोट लगाए हमारे बैग उठाए चलता जा रहा है । आख़िरी मकान आ गया है और तुलसी रुक गया है । घोड़े की लगाम पकड़कर मुझे उतार रहा है । अब भाई की बारी है, अब वह घोड़े पर बैठेगा और गुरुकुल तक मैं साथ-साथ पैदल चलूँगा । गुरुकुल के सबसे निचले

अँधेरे कमरे में एक बहुत बड़ा जानवर है । तुलसी कहता है वह मोर है, और वह धीरे-धीरे मर रहा है । तुलसी ब्रह्मचारियों के साथ बैठा चने और गुड़ खा रहा है और अष्टाध्यायी के सूत्र बोल रहा है । छुट्टी के वक्त वह इनके साथ डंड पेलता है ।···

सड़क पर गुल्ली-डंडा खेलते हुए हमें सहसा शोर सुनाई देता है । किसी औरत की आवाज़ है जो गली की ओर से आ रही है, "लोगो, मैं मारी गई, बचाओ लोगो, मैं मारी गई !"

शोर सुनकर हम गली की ओर भाग खड़े होते हैं । मनोहर के घर की दीवार मिट्टी की बनी है, और उस पर बहुत-से मुसलमान लड़के पहले से बैठे हैं । उसी दीवार के पीछे से औरत के चिल्लाने की आवाज़ आ रही है । मैं भी, दीवार के ऊपर बैठने के लिए नीचे लगे ईंटों के ढेर पर चढ़ जाता हूँ । एक औरत ज़मीन पर लेटी है—वह मनोहर की नई माँ है—मनोहर का बाप उसकी छाती पर बैठा है और उसे घूँसे मार रहा है । छाती पर से औरत की कमीज़ फट रही है ।

"लोगो, मैं मारी गई ! बचाओ लोगो, मैं मारी गई !"

पास ही ज़मीन पर एक लोटा पड़ा है । मनोहर का बाप आगे बढ़कर लोटे को उठा लेता है और उसके सिर पर दे मारता है । वह ज़ोर-ज़ोर से सिर हिलाती है । मैं उसका चेहरा नहीं देख पा रहा । लाल-काला-सा पानी उसके बालों में से निकलकर ज़मीन पर बहने लगा है । औरत ने चिल्लाना बंद कर दिया है, केवल अभी भी ज़ोर-ज़ोर से हिलती जा रही है । कोई आदमी ज़ोर-ज़ोर से गली का दरवाज़ा खटखटाने लगा है, "खोलो दरवाज़ा ! विशनदास जी, खोलो दरवाज़ा !"··· माँ की आवाज़ है । माँ दरवाज़ा खटखटाए जा रही है । ··

मनोहर बाद में हमें समझा रहा है, "हमारी नई माँ बदमाश है न, इसलिए मेरे बाबू जी उसे पीटते हैं ।"

ब्रह्मचारियों की पाँत पीले रंग की धोतियाँ बाँधे, आर्यसमाज-मंदिर में बैठी है । भाई पीली धोती बाँधे स्वामी जी के पास बैठा है—स्वामी जी जब चलते हैं तो धरती हिलती है, सच्चा ब्रह्मचारी जब चलता है तो धरती काँपती है । भाई की जाँघ नंगी हो रही है, उस पर से धोती हट गई है । स्वामी जी धोती का छोर उठाकर उसे ढँक देते हैं । मुझे पीली धोती बाँधने को नहीं दी गई । मुझे बार-बार रोना आ रहा है । गला रुँध-रुँध जाता है । आर्यसमाज में ऊपरवाली छत पर ब्रह्मचारी रहते हैं । मैं चुपके-से ऊपर जा पहुँचता हूँ और

किसी ब्रह्मचारी की अलमारी में से मिली पीले रंग की धोती निकालकर बाँध रहा हूँ । मैं उसे टाँगों के इर्द-गिर्द लपेटता हूँ, लपेटे जाता हूँ, मगर उसे बाँधना नहीं जानता । फिर उतारता हूँ, फिर लपेटता हूँ, और अंत में वहीं खड़ा-खड़ा सिसकियाँ भरने लगता हूँ । नीचे से शांति पाठ पढ़े जाने की आवाज़ आ रही है।....

आज हमारा यज्ञोपवीत है और मैंने पीली धोती बाँध रखी है । घर का आँगन लोगों से खचाखच भरा है । नहाने से पहले नाई के सामने इतनी देर तक गर्दन झुकाए बैठना पड़ा था कि पीठ में दर्द होने लगा था । दो-एक जगह उस्तरे से खोपड़ी छिल गई है । वहाँ हल्की-हल्की जलन हो रही है, पर मैं खुश हूँ । छिप-लुककर बार-बार घुटे हुए सिर पर हाथ फेर लेता हूँ । अब की चुटिया मोटी है । भाई का भी सिर घुटा हुआ है और उसकी भी चुटिया मोटी है । आँगन में बैठे लोगों के बीचोंबीच हम पीली धोतियाँ बाँधे, हाथ में सफ़ेद कपड़े के तिकोने से रूमाल उठाए, जिनमें गाँठे डालकर उन्हें पात्र का-सा रूप दिया गया है, हम धीरे-धीरे आगे बढ़ रहे हैं । एक-एक व्यक्ति के सामने खड़े होकर मैं कहता हूँ, "भिक्षां देहि !"

और वह उसमें इकन्नी, दुअन्नी या कोई और सिक्का, या फिर कोई नोट डाल देता है । मैं आगे बढ़ जाता हूँ ।

"भिक्षां देहि !"

पीली धोती मुझसे सँभाले नहीं सँभलती ।

हवन-कुंड के पास बैठे हमारे पंडित जी एकटक हमारी ओर देखे जा रहे हैं ।

अब हम भीड़ में रास्ता बनाते लौट रहे हैं और दोनों रूमाल अपने गुरु जी के सामने रख दिए हैं । "यह गुरुदक्षिणा है ।" एक आर्यसमाजी दूसरे आर्यसमाजी से कहता है । "ब्रह्मचारी जो कुछ लाएँगे, पहले गुरु के चरनों में रखेंगे । यही पुरानी प्रथा है । कितनी सुंदर प्रथा है !"

पर लोगों के चले जाने के बाद माँ और पिता जी में झगड़ा हो रहा है, "मुआ सारे पैसे लेकर चला गया । आप मुँह देखते रह गए । उसे रोका तक नहीं ।"

"गुरुदक्षिणा पर गुरु का ही हक़ होता है ।" पिता जी शांत-भाव से कह रहे हैं ।

"क्या हक़ होता है, मैं भी सुनूँ । अचारजी-पण्डित सब आठ-आठ आने

लेते हैं । तुम आर्यसमाजी लोगों को नए चाले सिखा रहे हो । जाने पच्चास ले गया है या सौ ले गया है। पूरे-के-पूरे दोनों रूमाल जेबों में ठूँसकर चला गया है। लोगों ने शर्म-हया ही बेच खाई है । मैं तो मुए से पूरे-के-पूरे पैसे वापस लूँगी । जाएगा कहाँ !''

हम अभी भी पीली धोतियाँ पहने दबाकर दीवार के साथ लगे खड़े हैं । पिता जी पीठ पर हाथ बाँधे टहल रहे हैं ।

''अब जो ले गया तो ले गया, अब क्या हो सकता है !''

पिता जी धीरे-से कहते हैं । इस पर माँ और भी ज़्यादा क्रोध से बोलती है, ''आप ही ने उसे जाने दिया । आपके सामने से निकल गया और आप देखते रह गए । मैं तो उस वक्त रसोईघर में थी, मुश्टंडों को हलवा खिला रही थी ··· ''

''क्या बोले जा रही है ?'' पिता जी कमरे के बीचोंबीच रुक गए हैं । ''भगवान का शुक्र नहीं करती जो यह दिन आया है, तेरे बेटों का यज्ञोपवीत हुआ है । पंडित कोई तेरी जेब से पैसे ले गया है ? लोगों के ही तो पैसे थे, उन्हीं का दान था । ऐसे दिन शुभ-शुभ बोलते हैं, तेरे बेटे सलामत रहें ··· ।''

माँ सहसा सहमकर चुप हो जाती है । बुत की बुत बनी बैठी है । धीरे-धीरे माँ का चेहरा व्याकुल-सा लगने लगता है । शगुन-अपशगुन की बात आज पिता जी कैसे करने लगे हैं । वह तो इन बातों को अंधविश्वास कहा करते हैं । क्या माँ को चुप कराने के लिए ही पिता जी हमारे स्वास्थ्य का वास्ता डाल रहे हैं ?''

सीढ़ियों पर क़दमों की आवाज़ है । तुलसी पंडित जी को रास्ते में से पकड़ लाया है । माँ अभी भी चुप बैठी है । आँगन पार कर दोनों दहलीज़ पर आकर खड़े हो गए हैं । माँ वहीं से हाथ जोड़े-जोड़े कहती है, ''पंडित जी, आप भोजन किए बिना ही चले गए । न कुछ खाया न पिया, सूखे मुँह चले गए । ऐसे भी कभी हुआ है ।''

''मैंने हलवा खा लिया था माता जी ।''

''नहीं-नही, भोजन करके जाइए । दोनों आप ही के बेटे हैं, गुरु पिता समान होता है । तुलसी, आसन बिछाओ पंडित जी के लिए, मैं आती हूँ ··· ।''

''मैं गुरुकुल में नहीं पढ़ूँगा,'' भाई कह रहा है ।

"क्यों नहीं पढ़ेगा ?" पिता जी टाइपराइटर पर से सिर उठाकर देखते हैं ।

"मैं नहीं पढ़ूँगा, मैं स्कूल में पढ़ूँगा ।" भाई दफ़्तर में खड़ा, पिता जी की ओर देखता हुआ कह रहा है । मैंने भाई को इस मुद्रा में पहले कभी नहीं देखा । उसकी ठुड्डी आगे की ओर बढ़ी हुई है और वह एकटक पिता जी की ओर देखे जा रहा है, और बिलकुल निश्चल खड़ा है । मैं स्पष्टतया कुछ भी नहीं समझ पा रहा हूँ । इसे पीली धोती मिली है, फिर भी गुरुकुल में नहीं पढ़ना चाहता ।

सहसा पिता जी हँसने लगते हैं । पिता जी जब हँसते हैं तो गर्दन नीची करके उनकी ठुड्डी गर्दन से लग जाती है । भाई अभी भी वैसे का वैसा खड़ा है ।

"मत पढ़ो अगर नहीं पढ़ना चाहते : मैं चाहता हूँ तुम हिंदी-सस्कृत पढ़ो, वह मैं तुम्हें घर पर ही पढ़वा लूँगा । छोटा-सा तो तू है और मुझे आँखें दिखाने लगा है," और पिता जी फिर हँसने लगते हैं, फिर उनकी ठुड्डी गर्दन से जा लगती है । फिर वह कुर्सी पर से उठकर हमारे पास आ जाते हैं, भाई को दाईं बग़ल में और मुझे बाईं बग़ल में लेकर बारी-बारी से हमारा सिर चूमते हैं ।

"तुम मेरी दाईं आँख हो और यह मेरी बाईं आँख है ।" कहते हैं, फिर पीठ पर हाथ फेरते हैं, "तुम्हारा मन गुरुकुल से उचट गया है । मत पढ़ो वहाँ तुम स्कूल में पढ़ो ..." और उनकी आँखें नम हो गई हैं ।

माँ बड़ी बहन से कह रही है, "विद्या, छत पर जाओ और चार-पाँच उपले उठा लाओ ।"

"मैं नहीं जाऊँगी, माता जी, तुलसी को भेजो ।"

"नहीं जाएगी, क्या कहा ?" माता जी सहसा रुक गई हैं ।

"मैं नहीं जाऊँगी, माता जी ऊपर ..." और वह माता जी के कान में कुछ फुसफुसाती है । वह अभी-अभी छत पर से ही उतरकर आई है । मैं भागता हुआ ऊपर जाता हूँ और झरोखों में से सड़क-पार के मकान की ओर देखने लगता हूँ । मकान की छत पर घर का मालिक पाजामा उतारे नंग-धड़ंग खड़ा है । जब कभी बहनें छत पर जाती हैं, वह कपड़े उतार देता है । सीढ़ियों पर माता जी के क़दमों की आवाज़ है । माँ आते ही उसे फटकारने लगेंगी । पर वह माता जी को देखते ही सीढ़ियाँ उतर गया है ।

" 'साईं मोया' पाँच बच्चों का बाप ! कैसे-कैसे दुष्ट लोग होते हैं !"

पिता जी कमरे में पीठ-पीछे हाथ बाँधे टहल रहे हैं, और माँ सदा की तरह पलँग पर बैठी बतिया रही है, "इसी बैसाख में शादी कर दो । अब और देरी नहीं करो ।"

पिता जी चलते-चलते रुक गए हैं ।

"तू कैसी बातें करती है ? यह मेरे अख्तियार है कि बैसाख में कर दूँ !"

"देखो जी, मेरे साथ क्यों झगड़ते हो । जवान लड़कियाँ हैं, घर में रोज कंकड़ पड़ते हैं । लफंगों का महल्ला है, तुम उन्हें लिख दो कि बैसाख में ब्याह कर दें ।"

"लड़का पढ़ रहा है, बैसाख में तो उसका इम्तहान होगा ।"

"तो इम्तहान होते ही ब्याह कर दें ।"

"वे कहते हैं, शादी गाँव में करेंगे ।"

"यह तो और भी अच्छा है । मैं बच्चों को लेकर छः महीने पहले गाँव चली जाऊँगी । वहीं सारी तैयारी कर लूँगी । तुम कल ही उन्हें खत डाल दो ।"

पिता जी फिर टहलने लगे हैं ।

"तुम विद्या-विमला को मना क्यों नहीं करती हो कि छज्जे पर न जाया करें ?"

"देखो जी, इन बच्चियों का क्या दोष ? मैं इन्हें न छज्जे पर जाने देती हूँ, न खिड़की में से झाँकने देती हूँ । बरसों से इनकी पढ़ाई छुड़ाकर इन्हें घर में बिठा लिया है कि गली-महल्ले में इन्हें कोई देख नहीं पाए । अब और क्या करूँ ? कभी भूल से ऊँचा हँस देती हैं तो भी हम डाँट देते हैं । दिन-भर कभी एक कमरे में तो कभी दूसरे कमरे में बैठी रहती हैं ।"

मैं सुन रहा हूँ, और सोचता हूँ—क्या माँ अभी छतवाली बात कहेगी, कि बहनें छत पर जाती हैं तो सामनेवाला दुष्ट कपड़े उतार देता है । पर माँ नहीं कहती । माँ ऐसी बातें पिता जी से छिपा जाती है, क्योंकि पिता जी उसी वक्त छड़ी उठाकर झगड़ा करने निकल पड़ते हैं ।

लगता है, बहुत-सा समय बीत चुका है । शिशुपन का झुटपुटा बहुत-कुछ छन चुका है । हम भाइयों ने गुरुकुल में जाना छोड़ दिया है, हाँ, पंडित जी घर

पर अभी भी आते हैं । बलदेव लिखता है तो मोती पिरोता है । छोटी बहन मुझसे बहुत बड़ी है, फिर भी झट से बीमार पड़ जाती है । बड़ी बहन अब घर में नहीं है, उसकी शादी हो चुकी है । उसकी शादी पर मैंने बीस पान खाए थे और मेरे पाँव एक जगह कीचड़ में फँस गए थे जिससे मेरा एक जूता वहीं खो गया था और मैं रोता हुआ घर आया था । और हमारे जीजा जी के मुँह में एक जगह पर दो दाँत एक साथ, एक के पीछे एक उगे हुए हैं जो मुझे बड़े सुंदर लगते थे, "जब बचपन में मेरा दाँत टूट गया था तो इस जगह मैं अपनी जीभ फेरता रहता था, इसीलिए दाँत दोहरा उग आया है ।"

उन्होंने कहा था और मैं अपना दाँत टूटने पर दिन-रात उसी जगह जीभ फेरता रहा था, पर फिर भी दाँत दोहरा नहीं उग पाया । और शादी पर हमने अपना क़स्बा देखा था, वहाँ लड़के गोलियाँ खेलते थे, जगह-जगह गधे घूमते थे और धूल उड़ती थी और घर की सीढ़ियों के नीचे 'गो' रहती थी, और माँ कहती थी कि 'गो' की दुम के साथ रस्सी बाँधकर उसे ऊपर फेंको तो जहाँ भी 'गो' के पंजे लगेंगे, वहीं वह चिपक जाएगी । चोर, डाकू दीवारें फाँदने के लिए 'गो' का इस्तेमाल करते थे । क़स्बे के चारों ओर दीवार थी, जो अब टूट गई है, और शीशमहल थे, पर मैंने शीशमहल नहीं देखे । वहाँ मेरे मौसा जी लड़कियों को ऊँचा-ऊँचा डाँटते रहे थे क्योंकि शादी पर लड़कियाँ गंदे गीत गा रही थीं ...

गर्मी के दिन हैं, शाम का वक्त ! घर के लोग खाना खा चुके हैं और वहीं बैठे बातें कर रहे हैं । सदा की तरह, माँ हथेली पर दो चपातियाँ रखे, और उनके ऊपर सालन डाले, सब लोगों के खा चुकने के बाद धीरे-धीरे खाना खा रही है । भाई स्कूल का कोई क़िस्सा सुना रहा है । भाई क्लास में फ़र्स्ट आया है और उसे सारी क्लास के सामने हैडमास्टर ने चूम लिया और कहा है कि वज़ीफ़े के इम्तिहान के लिए उसका नाम भेजेंगे । 'तंदूर' पर रखे हरीकेन लैंप की मद्धिम-सी रोशनी आँगन में बैठे परिवार के लोगों पर पड़ रही है । तुलसी दीवार के साथ लगकर अँधेरे में बैठा बरतन मल रहा है ।

"अब हमें स्काउट बनाएँगे ।" भाई कह रहा है, "ख़ाकी वर्दी मिलेगी और सब स्काउटों के पास एक रस्सी, एक सीटी और एक लाठी होनी चाहिए !"

"माता जी !" सहसा अँधेरे में से तुलसी की आवाज़ आती है ।

भाई चुप हो गया है ।

"क्या है तुलसी ?" माँ अँधेरे कोने की ओर देखकर पूछती है ।

"माता जी," तुलसी धीरे-से कहता है, "क्या सारी उम्र मैं बरतन ही माँजता रहूँगा ?"

क्षण-भर के लिए सभी का ध्यान तुलसी की ओर चला गया है । सभी चुप हो जाते हैं । पिता जी घूमकर उसकी ओर देखते हुए कहते हैं, "बरतन नहीं माँजेगा तो क्या करेगा ? सभी नौकर बरतन माँजते हैं या नहीं ? तेरे हाथों पर मेंहदी लगी है ?"

सहसा माँ, तुलसी की दिशा में हाथ बढ़ाकर कहती है, "छोड़ दे । बस, इसी घड़ी छोड़ दे । अब से तू बरतन नहीं माँजेगा ।"

तुलसी स्तब्ध-सा ठिठक गया है । कड़ाही में बरतन मलते-मलते उसका हाथ रुक गया है । पर थोड़ी देर बाद वह फिर बरतन मलने लगा है ।

माँ उठकर उसका हाथ पकड़ लेती है ।

"बस, मैंने कह दिया । इस घड़ी से तू बरतन नहीं माँजेगा ।"

मुझे लगता है जैसे माँ तुलसी को उसके वाक्य के लिए सज़ा दे रही है, माँ उससे काम छुड़वा रही है ।

"क्या कर रही हो बलदेव की माँ ?" पिता जी कहते हैं, "बरतन साफ़ करने दो इसे । यह नहीं करेगा तो कौन करेगा ? क्या तू बरतन माँजेगी ?"

"मैं माँजूँ या कोई और माँजे, पर तुलसी नहीं माँजेगा । तुलसी के दिल से बात निकली है, मैं इससे अब बरतन नहीं मँजवाऊँगी ।"

कहती हुई माँ तुलसी के कंधे पर हाथ रखकर उसे उठाने की कोशिश करती है । "बस, छोड़ दे बेटा, सोलह साल तूने इस घर के बरतन माँजे हैं । बहुत हैं ।"

तुलसी अभी भी हैरान-सा माँ के चेहरे की ओर देखे जा रहा है ।

"कैसी फिजूल बातें कर रही हो ।" पिता जी बड़बड़ाकर कहते हैं, "बरतन नहीं माँजेगा तो क्या करेगा ? ले तुलसी, हाथ लगा, अपना काम कर ।"

"मेरे सिर की क़सम जो अब बरतनों को हाथ लगाया । आज से तेरा बरतन माँजना खत्म । उठ जा यहाँ से ।"

हम सभी हतबुद्धि माँ की ओर देखे जा रहे हैं । माँ उत्तेजित हो उठी है "इसने अपने मुँह से बात निकाली है, मैं इस पर फूल चढ़ाऊँगी । उठ जा बेटा आगे जो तेरी क़िस्मत, पर अब मैं तुझसे बर्तन नहीं मँजवाऊँगी ।"

"तेरी अक्ल ठिकाने नहीं है । पिता जी बड़बड़ाकर कहते हैं । पर माँ पहले से भी ज़्यादा उत्तेजित हो रही है । उन्होंने तुलसी को अपनी जगह से उठा दिया है और राख की कड़ाही उठाकर तंदूर के ऊपर रख दी है । फिर स्वयं पानी का लोटा लेकर तुलसी के हाथों पर पानी डाल रही है । तुलसी हतबुद्धि-सा कभी माँ की ओर, कभी पिता जी की ओर देखे जा रहा है ।

"तेरा मन आए जो कर । तूने पहले कभी किसी की बात सुनी है जो आज सुनेगी ।"

पिता जी कहते हैं, और आसन पर से उठकर सुफ़े की ओर चले जाते हैं ।

कुछ देर बाद हम सभी खाटों पर लेटे हैं । घर में चुप्पी छाई है, पर हमारे कान सुफ़े की ओर लगे हैं जहाँ पिता जी रोज की तरह टहल रहे हैं और माँ पलँग पर पालथी मारे बैठी है, "मैं चिल्ला-चिल्लाकर कहती थी, इसे मत पढ़ाओ, नौकरों का क्या काम किताबों से । अब घर के काम से इसे चिढ़ हो गई है ।"

पिता जी बराबर पीठ-पीछे हाथ बाँधे कमरे में टहल रहे हैं, "कुछ पढ़ गया है तो बुरा क्या हुआ है ? जब आया था तो जंगली जानवर था । तालीम इंसान का जेवर होती है ।"

"इसीलिए तो, अब वह बरतन माँजने में अपनी तौहीन समझने लगा है । मैं उससे क्यों बरतन मँजवाऊँ ? मैं उससे वह काम क्यों करवाऊँ जिससे उसके दिल को ठेस पहुँचती हो । मेरे बच्चों के साथ घर में पलकर बड़ा हुआ है । जब नहीं पढ़ा था तो नहीं पढ़ा था, अब पढ़ गया तो उसे बरतन माँजना बुरा लगता है ।"

फिर दोनों के बीच चुप्पी छा जाती है और पिता जी के क़दमों की आहट सुनाई देती रहती है । मैं इस आहट से अंदाज़ लगा लेता हूँ कि अब पिता जी सामनेवाली दीवार तक जा पहुँचे हैं जहाँ स्वामी जी का चित्र टँगा है, अब घूमकर वापस आ रहे हैं और अँगीठी के सामने पहुँच गए हैं जिसके ऊपर घड़ी टिक्-टिक् कर रही है । माँ वहीं पलँग के पैंताने बैठी है, झोली में दोनों हाथ रखे हुए ।

थोड़ी देर बाद फिर माँ की आवाज़ आती है, "तुम इसे अपने दफ़्तर के काम के लिए रख लो । इसे मुंशी के काम पर लगा लो ।"

"फिर वही बात । यह दफ़्तर का काम कर सकता है ? अंग्रेज़ी का एक अक्षर नहीं जानता । मेरी सारी डाक अंग्रेज़ी में या उर्दू में होती है ।"

माँ कुछ देर तक चुप रहती है, फिर कहती है, "जो इसके काम नहीं आनी थी तो इसे हिंदी क्यों पढ़वाते रहे हो ? इसे भी उर्दू पढ़वा देते ।"

"क्यों उर्दू पढ़वा देता ? हमारे धर्मग्रंथ हिंदी में हैं ।"

"पर जी, ग्रंथों को क्या करे अगर अपना पेट नहीं पाल सके तो ? ... मुंशी नहीं तो चपरासी के काम पर इसे रख लो । तुम्हारे 'वपारियों' से मिल आया करेगा, उन्हें नमूने दिखा आया करेगा ।"

"बस, बस, रहने दे । कल से फिर यह घर का काम करे । यह और कोई काम नहीं कर सकता ।"

"घर का काम तो अब मैं इससे नहीं करवाऊँगी ।"

"तू तो सचमुच बड़ी ढीठ है । यह नहीं करेगा तो कौन करेगा ?"

"देखो जी, इसका मन उचट गया है । बात को समझा करो । अब घर का काम करेगा तो रो-रोकर करेगा । तुम्हारे बच्चे कालिजों-स्कूलों में पढ़ेंगे तो इसका दिल रोएगा, इसे किसी दूसरे काम पर लगवा दो । जब इसके हाथों में 'क़ायदे' देते थे तो मैं तुम्हें कह-कहकर थक गई कि इसकी जिंदगी नहीं बिगाड़ो, जहाँ बैठा है, वहीं बैठा रहने दो । उस वक्त तुमने सुना नहीं, मुझे डाँटकर चुप करा देते थे । अब इसका मन उचट गया है । अब यह घर के काम के लायक नहीं रहा । ..."

मैं हाथ-मुँह धोने के लिए नीचे जा रहा हूँ । तुलसी रोज की तरह 'गराज' में गाय के लिए सानी-पानी तैयार कर रहा है । मुझे रात की सारी घटना याद हो आती है । लगता है जैसे पिछले दिन का वार्तालाप मेरा भ्रममात्र था । सब बात पहले की तरह चल रही है । तुलसी पानी भर रहा है, घर-भर में झाड़ू लगा रहा है । पर जब वह बरतनों को हाथ लगाता है तो मैं झट से माँ को आवाज़ देता हूँ, "देखो माता जी, तुलसी फिर से बरतन माँजने लगा है ।"

माँ सुफ़े में से सीधी रसोईघर की ओर चल देती है । पहले सारा वक्त माँ गुमसुम बैठी रही थी ।

"तुझे एक बार कह जो दिया कि बरतनों को हाथ नहीं लगाना । क्यों मुझे कल्पाता है ?"

"मैं नहीं करूँ तो कौन करे ?" तुलसी जवाब देता है ।

"तेरी बला से, कोई भी करे, तुझे क्या ?" परिवार के लोग फिर इकट्ठे हो जाते हैं । पिता जी घूमने गए हुए हैं । तुलसी सुना-अनसुना करके घुटने के पीछे सिर किए बरतन मलने लगा है । माँ कमर पर दोनों हाथ रखे उसे देखती रहती है । फिर आगे बढ़कर उसके हाथ से कड़ाही छीन लेती है, "यह तो अब मैं तुझे नहीं करने दूँगी । उठ जा, उठ जा, मैं कह रही हूँ ।"

तुलसी आगे बढ़कर माँ के पैर पकड़ लेता है, "मुझसे ख़ता हो गई माता जी, मेरे मुँह से निकल गया । मेरा कोई मतलब नहीं था । मुझे माफ़ कर दो . . . ।"

"हैं, देखो कैसा ढीठ आदमी है, किसी की सुनता ही नहीं ।"

तुलसी उठ गया है और बड़ी देर से ऊपरवाली सीढ़ियों पर मन मारे बैठा है ।

शायद कुछ ही दिन बाद की बात है । मैं पानी पीने के लिए ऊपर आया हूँ । रोज की तरह रसोईघर के बाहर पहुँचकर मैंने तुलसी से पानी माँगा है, पर कोई जवाब नहीं मिला । मैं फिर पुकारता हूँ और रसोईघर के अंदर झाँकता हूँ । तुलसी अंदर नहीं है । मैं छज्जे पर जाता हूँ जहाँ तुलसी की फटी हुई दरी बिछी रहती है । तुलसी वहाँ पर भी नहीं है, उसकी दरी भी नहीं है । मैं भागता हुआ जंगले के पास जाता हूँ । नीचे, पिता जी के दफ़्तर के बाहर, घर के सभी लोग खड़े हैं, बीच में तुलसी पगड़ी बाँधे और कोट पहने खड़ा है । मैं भागता हुआ नीचे पहुँच जाता हूँ ।

पीछे, दीवार के साथ फ़र्श पर एक छोटी-सी गठरी रखी है । कोने में एक लाठी रखी है जो शायद बरसों पहले तुलसी अपने गाँव से लाया था ।

"तुलसी जा रहा है," भाई मुझे धीरे से कहते हैं ।

"इधर आओ तुलसी !" अंदर से पिता जी की आवाज़ आती है । पर तुलसी ज्यों-का-त्यों रुआँसा खड़ा है ।

"आओ, आओ, यह चिट्ठी पकड़ो ।"

आगे बढ़कर तुलसी पिता जी के पाँव पड़ गया है । उसकी पगड़ी खुल गई है और पल्ला गर्दन में लटक आया है । पिता जी के पाँव छोड़कर उसने दोनों हाथों से माँ के पैर पकड़ लिए हैं, और उन पर अपना सिर रख दिया है ।

"उठ, उठ, यह चिट्ठी वैद्य जी को दे देना । कहना मैंने लाला संतराम से बात कर ली है ।"

तुलसी को उठने में देर लग रही है । इस पर पिता जी खीझ उठे हैं, "अब उठ भी, कोई काम भी करने देगा या नहीं ?"

"तुलसी की नौकरी लग गई है ।" भाई मुझसे कहते हैं । "अब यह गुरुकुल समाज के औषधालय में काम करेगा ।"

पिता जी वहीं खड़े-खड़े कहते हैं, "अच्छा, रुक जा, घंटे-भर बाद चले जाना । मेरी दो-तीन चिट्ठियाँ भी रास्ते में डालते जाना ।"

इस पर माँ बिगड़कर कहती है, "देखो जी, यह तुम क्या करते हो ? इतने बड़े-बड़े लड़के हैं आपके, क्या वे चिट्ठियाँ नहीं डाल सकते ? इससे आज भी चिट्ठियाँ डलवाओगे ?"

"मैंने क्या कहा है, भली लोग, यह कोई परदेस जा रहा है । घंटा-भर बाद चला जाएगा तो क्या हो जाएगा ? मेरी दो चिट्ठियाँ रास्ते में डाल देगा तो इसकी मेंहदी उतर जाएगी ? ले तुलसी, पकड़ चिट्ठी और जा । ... उधर चुस्ती से काम करना, सोए नहीं रहना, जैसे यहाँ सोए रहते थे । जितना गुड़ डालोगे, उतना ही मीठा होगा ।"

माँ मुझे एक ओर ले जाकर कान में कहती है, "रसोईघर की अँगीठी पर तेल की कटोरी रखी है । भाग के जा, उठा ला ।"

मैं मुड़ता हूँ तो माँ मुझे सावधान करती है, "पिता जी से कुछ मत कहना । ख़बरदार जो नाम भी लिया । लेकर ड्योढ़ी में आ जा । मैं वहीं आती हूँ ।"

तेल की कटोरी उठाए नीचे आता हूँ तो माँ पहले ड्योढ़ी में खड़ी है । विमला भी वहीं पर है, बड़ी पीली लग रही है, उसकी आँखें भीगी हुई हैं ।

"कहीं तुम्हारे पिता जी इधर नहीं आ जाएँ ।" मेरे हाथ से कटोरी लेते हुए माँ कहती है । फिर वह थोड़ा-सा तेल दहलीज़ के एक सिरे पर और थोड़ा-सा दूसरे सिरे पर डाल देती है ।

तुलसी ड्योढ़ी की ओर नहीं आ रहा है । उसकी आवाज़ भी आनी बंद हो गई है ।

भाई ड्योढ़ी में आ गया है ।

"तुलसी तो चला गया है, माता जी, वह तो दफ़्तर के दरवाज़े में से ही चला गया है ।"

माँ होंठ काट लेती है । वह अत्यंत निराश हो उठी है । मैं झट-से बाहर झाँककर देखता हूँ । तुलसी चरनी के पास जा पहुँचा है । कंधे पर लाठी है, बाएँ

हाथ में गठरी उठाए हुए है, पगड़ी और कोट पहने हुए बड़ा पराया-सा लग रहा है ।

"अच्छा, 'रब्ब राखा' ! जहाँ रहे, सुखी रहे !" माँ धीरे-से कहती है और फिर एक बार दहलीज़ के सिरे पर तेल की बूँदें छिड़क देती है । फिर, कटोरी मुझे वापस करके दफ़्तर की ओर जाने लगती है ।

मैं कटोरी रसोईघर में रखकर लौटता हूँ तो घर के सभी लोग पिता जी के दफ़्तर में बैठे हैं । पिता जी जब चिट्ठियाँ टाइप नहीं करते तो सिर टेढ़ा करके खिड़की में से बाहर देखते रहते हैं । माता जी चमड़े के बेंच पर दोनों पैर लटकाए बैठी हैं । विमला उनकी बगल में बैठी है, भाई अँगीठी से लगकर खड़ा है ।

थोड़ी देर बाद पिता जी धीरे-से कहते हैं, "गुरुकुल समाजवालों ने मेरे आदमी को रख तो लिया है, पर इनका कोई एतबार नहीं । बीसियों बार एहसान जताएँगे ।"

"तुमने उसकी पीठ पर हाथ रखा है, यह बहुत बड़ी बात है । आगे जो उसकी क़िस्मत !"

पिता जी फिर खिड़की में से बाहर देखने लगे हैं, और थोड़ी देर बाद सिर हिलाकर कहते हैं, "दिल का बड़ा भोला था तुलसी । शरीफ़ लड़का है, हाथ का भी बड़ा साफ़ है ।"

माँ चुप रहती है । पिता जी बाहर देखते हुए कहे जा रहे हैं, "पर दिमाग का मोटा है । मोटी बुद्धि का आदमी है ।" वह इसी वाक्य को सिर हिलाकर फिर दोहरा रहे हैं, "बुद्धि मोटी है । उसका बने-बनाएगा कुछ नहीं । उसकी बुद्धि मोटी है ।"

"देखो जी, अभी-अभी वह घर से गया है । शुभ-शुभ बोलो । जो आदमी चला जाए उसका भला ही चेतना चाहिए ।"

"मैंने क्या कहा है ? हाथ-पैर हिलाएगा, तभी कुछ करेगा । वेद-मंतर पढ़कर काम थोड़े बनते हैं ।"

माँ कुछ कहना चाहती है, पर फिर चुप हो जाती है ।

भाई ने मुँह पर से लिहाफ़ उतार दिया है । लिहाफ़ के अंदर मुँह करके उसे सोने की आदत नहीं है । पर मुझे लिहाफ़ के अंदर, घुटने छाती से लगाए, दोनों हाथ

जाँघों के बीच रख, दबाकर सोना अच्छा लगता है ।

"मेरी तरफ़ मुँह कर ।" मैं भाई से कहता हूँ ।

"नहीं, सो जा, मुझे नींद आ रही है ।"

"तूने मुझे बाँही के पास धकेल दिया है और लिहाफ़ भी खींच लिया है, मेरी पीठ नंगी हो रही है।"

"बातें नहीं कर, विमला बहन बीमार है, सो जा ।"

"पिता जी नहीं आए । पिता जी यहाँ नहीं सोएँगे ?"

"पिता जी बहन के कमरे में हैं । सो जा ।"

छोटी बहन को कुछ ही दिन पहले लाहौर से वापस लाए हैं । जब उसे घर के अंदर लाए थे तो वह छोटे पहियोंवाली खाट पर लेटी हुई थी । खाट पर सफ़ेद चादर बिछी थी, और वह सफ़ेद ही चादर में लिपटी पड़ी थी, केवल उसका नाक और गाल नज़र आ रहे थे । पिता जी हमें उसके पास नहीं जाने देते । उस रोज सुफ़े के कोने में पिता जी देर तक खड़े डॉक्टर रामनारायण के पास बातें करते रहे थे । डॉक्टर रामनारायण क़द में पिता जी से भी लंबे हैं । मैं उनके पास जाता तो पिता जी मुझे वहाँ से हटा देते । पिता जी किसी अंग्रेज डॉक्टर हैरीसन का नाम ले रहे थे और कह रहे थे कि विमला के मुँह पर सूजन है ।

मैं मन-ही-मन दोहराता हूँ कि बहन बीमार है, उसके मुँह पर सूजन है, पर इसका मुझ पर कोई असर नहीं होता । घर में सभी लोग चुप हैं । पर मेरे लिए चुप रह पाना असंभव हो गया है ।

"चल, बाहर चलकर देखें, वह आदमी ज़रूर आया होगा ।"

"कौन ?" भाई करवट बदलकर पूछता है ।

"वही जो रोज शाम को आता है । तूने कहा था जब आए तो मुझे दिखाना ।"

"तू पहले जाकर देख आ ।"

मैं खाट पर से उठ बैठता हूँ और चुपचाप छज्जे पर जाने के बजाय आँगन लाँघकर सीढ़ियाँ उतर जाता हूँ । सीढ़ियों के बीचोंबीच एक छोटी सी खिड़की है जो सड़क की ओर खुलती है । मैं झाँककर बाहर देखता हूँ । वह आदमी सचमुच घर के सामने खड़ा है । पीठ पीछे हाथ रखे वह घर की ओर देखे जा रहा है । अब ऊपर छज्जे की ओर देखने लगा है । यह आदमी कौन है ? यहाँ क्यों आता है ? वह दरवाज़ा क्यों नहीं खटखटाता और अंदर क्यों नहीं आ जाता ? मैं

चुपचाप उसे देखता रहता हूँ, फिर सीढ़ियाँ चढ़कर जल्दी-जल्दी कमरे में लौट जाता हूँ ।

"वह सचमुच बाहर खड़ा है, चल देख ।" मैं भाई को कंधे से पकड़कर झँझोड़ता हूँ । "आज फिर आया है ।"

इसी बीच भाई को झपकी आ गई थी । वह करवट बदलकर मेरी ओर मुँह करता है, "कौन आया है ? और मुझे 'तू' क़रके मत बुलाया कर, भ्राता जी बुलाया कर ।"

"वही जो रोज आता है । नीचे खड़ा है, भ्राताजी !"

अँधेरे में मुझे लगता है भाई मेरे चेहरे को चुपचाप देखे जा रहा है । फिर वह झट-से उठ बैठता है और नंगे-पाँव कमरा लाँघकर बाहर चला जाता है । मैं उसके पीछे-पीछे हो लेता हूँ । हम दोनों सीढ़ियोंवाली छोटी-सी खिड़की में से झाँक रहे हैं । आदमी एक साए की तरह अँधेरे में हिलता-सा नज़र आता है । भाई देर तक उसकी ओर देखता रहता है ।

"अब यह रोज आने लगा है, कल भी आया था ।"

"यह हमारा बहनोई बनेगा । विमला बहनजी की इसके साथ शादी होगी । इसका नाम जसवंत है ।" भाई कहता है ।

"तुम्हें कैसे मालूम है ?"

"मुझे मालूम है ।" भाई कहता है और उन्हीं क़दमों सीढ़ियाँ चढ़कर सीधा पुराने सुफ़े में माता जी के पास जा पहुँचता है ।

अँगीठी के पास कोने में चार स्त्रियाँ चुपचाप बैठी हैं । अँगीठी पर रखे हरीकेन लैंप की मद्धम-सी रोशनी इन पर पड़ रही है । चारों एक ही मुद्रा में बैठी हैं, चारों चुप हैं । चारों ने दुपट्टे लपेट रखे हैं । चौथी औरत मौसी है, यह कब आई हैं ? पास बैठी बुआ से कितनी छोटी लगती हैं । पीछे हरे रंग के तख़्तोंवाली अलमारी है, जिस पर चाक से लकीरें खिची हैं और बीच में लिखा है, 'यह अलमारी विमला की है ।' इस अलमारी के नीचे विद्या बहन जी बैठी हैं । वह भी आजकल घर में हैं और रसोईघर के साथवाले कमरे में रहती हैं । उनका पेट बहुत मोटा हो गया है ।

"माता जी, नीचे सड़क पर जसवंत जी खड़े हैं । रोज शाम को आते हैं और लौट जाते हैं ।"

माँ धीरे से सिर उठाती है । लैंप की मद्धम रोशनी माँ के चेहरे पर पड़ती

है । माँ की आँखें ऐंची हो रही हैं । माँ का चेहरा पहले कभी ऐसा नहीं हुआ ।

"माता जी, नीचे जसवंत जी आए हैं ।" भाई दोहराकर कहता है ।

माँ ऐंची, सिकुड़ी आँखों से भाई की ओर देखती रहती है, फिर धीरे से सिर हिला देती है यह जताने के लिए कि उन्होंने सुन लिया है ।

भाई चुपचाप लौट जाता है, और हम दोनों फिर खाट पर लेट जाते हैं । घर में पहले-जैसी चुप्पी है । पिता जी अभी भी बहन के कमरे में हैं । दीवार पर लगी घड़ी ने ग्यारह बजाए हैं । मैं धीरे-धीरे ऊँघने लगा हूँ ।

सहसा मैं चौंककर जाग उठता हूँ । पिता जी की आवाज़ है । 'मंत्र पढ़ो ।' वह कह रहे हैं, "मंत्र पढ़ो, विमला राणी कहती है, मंत्र पढ़ो ।" पिता जी की आवाज़ काँप रही है ।

और वह स्वयं लड़खड़ाती आवाज़ में मंत्र बोलने लगते हैं :

"तमीश्वरणां परमं महेश्वरं
तम् देवतानाम् परमं च दैवतम् ..."

मौसी भी मंत्र पढ़ने लगी हैं । बुआ भी मंत्र पढ़ने लगी हैं । विमला की अलमारी के नीचे बैठी विद्या बहन भी मंत्र पढ़ने लगी है । माँ मंत्र नहीं पढ़ रही है । क्या हम भी मंत्र पढ़ें ? मंत्र मुझे भी कंठस्थ हैं, पर मैं बोल नहीं पाता हूँ । भाई मेरी ओर पीठ किए चुपचाप लेटा है । किसी-किसी वक्त पिता जी के क़दमों की आवाज़ आती । क्या पिता जी इस समय भी टहल रहे हैं ? ये लोग इस समय मंत्र क्यों बोलने लगे हैं ? विमला क्यों चाहती है कि हम मंत्र बोलें ? विमला बहन बीमार है, उसके मुँह पर सूजन है—मैं मन-ही-मन दोहराता हूँ, पर इस वाक्य का मुझ पर कोई असर नहीं होता । वे लोग देर तक मंत्र पढ़ते रहते हैं ।

"चली गई ! विमला चली गई !" मंत्रोच्चारण के बीच में ही पिता जी की काँपती आवाज़ सुनाई देती है, "विद्या राणी, तेरी बहन चली गई ।"

"हा ा ा ा य !" मौसी की आवाज़ है ! हाय विमला, मेरी बच्ची !"

सभी रोने-बिलखने लगे हैं । भाई झट से बिस्तर पर से उठ बैठा है । मैं अभी भी स्पष्टतः नहीं समझ पाया हूँ कि क्या हुआ है । कमरे में अँधेरा है, पुराने सुफ़े में टिमटिमाती रोशनी का क्षीण-सा प्रकाश हमारे कमरे में आ रहा है ।

भाई खाट पर से नीचे उतर आया है, और सीधा सुफ़े में चला गया है । मैं भी उसके पीछे-पीछे वहाँ जा पहुँचा हूँ । कमरे के बीचोंबीच पिता जी खड़े हैं ।

पिता जी ने दिन के सभी कपड़े पहन रखे हैं, सिर पर पगड़ी भी है । कोट भी पहने हुए हैं । पिता जी की पगड़ी का 'शमला' गिरा हुआ है, जिसे वह सदा खोंसकर रखते हैं । उसी को उठाकर वह आँखें पोंछते हैं, कभी-कभी मुँह में ठूँस लेते हैं । बड़ी बहन निढाल-सी दीवार के साथ पीठ लगाए और दोनों घुटने उठाए फ़र्श पर बैठी है । उसका सिर एक ओर को झुका हुआ है और बाल आधे चेहरे को ढके हुए हैं ।

भाई झट से कोठरी में चला गया है । वह कोई भी काम करने से पहले किसी से पूछता नहीं, झट से कर डालता है ।

मैं कोठरी में जाना नहीं चाहता ।

बड़ी बहन कुलबुलाकर रोई है और एक हल्की-सी चीख़ उसके मुँह में से निकल गई है । सभी औरतें—माँ भी—झट से घूमकर उसकी ओर देखने लगी हैं । माँ का चेहरा कैसा हो रहा है ? उसकी आँखें ऐंची नर सिकुड़ी हुई हैं और होंठ जैसे सूखकर झर गए हैं ।

भाई कोठरी के बाहर आ गया है और अपनी बड़ी-बड़ी आँखों से लैंप की ओर देखे जा रहा है । फिर लैंप को उठाकर कोठरी में ले गया है जहाँ विमला बहन पड़ी है । मैं कोठरी के अंदर नहीं जाना चाहता । थोड़ी देर बाद भाई लैंप को हाथ में लिए लौट आया है, और उसे अँगीठी पर रख दिया है । वह अँगीठी के पास खड़ा सामने की ओर देखे जा रहा है । उसकी आँखें कितनी खुली हैं, खुली और एकटक । माँ की आँखें कैसी ऐंची हो रही हैं ।

किसी-किसी वक्त इन तीनों औरतों में से कोई-न-कोई बिलख उठती है ।

''मैं तेरी अमानत रखने लायक नहीं हूँ, भगवन, मैं तेरी अमानत नहीं रख पाता ।'' पिता जी कह रहे हैं। ''जाओ बच्चो, जाओ सो रहो ! जाओ ।''

घड़ी ने दो बजाए हैं ।

बड़ी बहन बिलखकर फिर चीखी है, उसने मुट्ठियाँ भींच ली हैं, और दाँतों तले होंठ दबा लिए हैं । तीनों औरतें फिर उसकी ओर घूम गई हैं । मौसी और बुआ माँ की ओर देख रही हैं ।

''उठो विद्या राणी ।'' मौसी कह रही है, ''उठो, अपने कमरे में चलो ।''

मौसी उठ खड़ी हुई है, बुआ भी उठ खड़ी हुई है, दोनों बहन को बाजुओं से पकड़कर उठा रही हैं, और फिर धीरे-धीरे सहारा देकर दरवाज़े के बाहर ले जाने लगी हैं । माँ उठ बैठी है । विद्या बहन को क्या हुआ है ?

"तुम बैठो बहन जी ।" मौसी कहती हैं । पर माँ आगे बढ़ आई है । "नहीं" और कहती हुई बाहर चली गई है ।

"जाओ बलदेव, जाओ बच्चो, जाओ । अपने कमरे में जाओ ।"

हम फिर खाट पर लौट आए हैं । घर में फिर चुप्पी छा गई है । अब पिता जी के टहलने की आवाज़ भी नहीं आ रही है । पर आँगन में कोई चल रहा है । मौसी के पाँवों की आवाज़ है—वह पाँव घसीटकर चलती हैं । वह सीढियाँ उतरने लगी हैं । मौसी कहाँ जा रही हैं ?

सहसा अँधेरे को चीरती हुई विद्या बहन की चीख़ सुनाई देती है । बहन को अपने कमरे में क्यों ले गई हैं ? वह इतना ऊँचा-ऊँचा क्यों चीख़ रही है ? क्या विद्या बहन भी मर गई है ?

"हे महाराज ! तेरा ही आसरा है ।" पिता जी की आवाज़ है, "दया करो, दया करो महाराज !"

पिता जी फिर टहलने लगे हैं ।

"कैसी रात आई है ! हे भगवान् दया करो, दया करो महाराज !" लगता है जैसे पिता जी सड़क पर खड़े ऊँचा-ऊँचा बोल रहे हैं ।

बहन फिर चीख़ उठी है । अब की बार वह सबसे ज़्यादा देर तक चीख़ती रही है । आँगन में किसी के क़दमों की आहट है । क्या यह बुआ हैं ? माँ है ?

नीचे बाहर का दरवाज़ा खुला है और सीढ़ियों पर क़दमों की आवाज़ आने लगी है । तेज़-तेज़ क़दम हैं । क्या मौसी लौट आई हैं ? उनके साथ कौन आया है ?

सहसा मौन से बोझल अंधकार को चीरती हुई किसी बच्चे के रोने की आवाज़ आई है, "अँ · · · एँ · · · अँ · · · ऐं !"

"हे भगवान् सुख हो । तेरा ही आसरा है महाराज !" पिता जी साथ वाले कमरे में कह रहे हैं ।

हम दोनों भाई उठकर दरवाज़े में आ गए हैं । मौसी की नन्हीं-सी काया सुफ़े के दरवाज़े में खड़ी है । धीमी आवाज़ में कहती हैं, "महाराज सुख रखे, विद्या के बेटी हुई है ।"

इस पर पिता जी लरज़ती आवाज़ में कहते हैं, "विमला हमारे पास लौट आई है । भगवान ने उसे फिर हमारे पास भेज दिया है ।" और रो पड़ते हैं ।

नन्हे बच्चे के रोने की आवाज़ फिर सुनाई देती है । हरीकेन लैंप की मद्धम

अस्थिर रोशनी में पिता जी की परछाइयाँ किसी-किसी वक्त कराल रूप धारण कर लेती हैं ।

"बच्ची की जीभ पर 'ओम्' लिखो ! शहद से 'ओम्' लिखो ।" पिता जी कहते हैं । "जाओ बलदेव, माँ से कहो, बच्ची की जीभ पर 'ओम्' लिखो ।"

बाहर आँगन में घुप अँधेरा है । घर की दीवारें बहुत ऊँची-ऊँची और डरावनी नज़र आती हैं । आकाश के खुले भाग में असंख्य तारे झिलमिला रहे हैं । उन्हें देखकर लगता है मैं स्वप्न देख रहा हूँ ।

बहन के कमरे का दरवाज़ा बंद है । हम दरारों में से अंदर झाँकते हैं । मद्धम-सी रोशनी में मुझे खाट का छोटा-सा भाग नज़र आता है । बच्चे के रोने की आवाज़ उसी ओर से आ रही लगती है ।

पिता जी कहते हैं, "शहद से बच्ची की जीभ पर 'ओम्' लिखो ।"

माँ हल्के-से किवाड़ खोलती है । वह हमें अंदर नहीं घुसने देती ।

"अच्छा !" वह धीरे से कहती है और हाथ बढ़ाकर भाई के सिर पर हाथ फेरने लगती है । लगता है जैसे बेसुध-सी हाथ फेरे जा रही है ।

फिर माँ किवाड़ बंद कर लेती है और हम दोनों अपनी खाट पर लौट आते हैं ।

थोड़ी देर बाद पुराने सुफ़े में फिर से धीमा-धीमा रोना शुरू हो जाता है ।

औषधालय का दरवाज़ा बंद है । आर्यसमाज का बड़ा फाटक भी बंद है । औषधालय के बंद दरवाज़ों के ऊपर बड़े-बड़े अक्षरों में लिखा है, 'धर्मार्थ आर्य औषधालय ।' यहीं पर तुलसी काम करता है । सूर्य की पहली किरनें अभी घरों की दीवारों पर ही टिकी हैं, उतरकर सड़क पर नहीं आईं ।

बग़ल में छोटी-सी गठरी दबाए औषधालय के बड़े फाटक में से अंदर झाँककर देखता हूँ । बड़ा आँगन ख़ाली है । दाईं ओर यज्ञशाला का चबूतरा भी खाली पड़ा है । सामने की दीवार पर, बरामदे की एक-एक मेहराब के ऊपर अलग-अलग रंगों में छोटे-छोटे वेद-वाक्य लिखे हैं—

"सत्यं वद"

"धर्मं चर"

"नायमात्मा बलहीनेन लभ्यः"

"दुर्गं पथस्तत् कवयो वदंति"
"सत्यं ब्रूयात प्रियं ब्रूयात ।"

नीचे आँगन खाली है । तुलसी कहीं नज़र नहीं आता । मैं वहाँ से हटकर औषधालय के बग़ल की ओर चला जाता हूँ जहाँ एक चौड़ी सड़क नीचे उतर गई है । दो लड़के किसी मरे हुए साँप को छड़ी से उलट-पलटकर देख रहे हैं । कत्थई रंग के लंबे-से साँप का सिर कुचला हुआ है । लड़के साँप को छोड़ देते हैं तो वह थोड़ी देर बाद हरकत करने लगता है, थोड़ा-थोड़ा सरकने लगता है । थोड़ी दूर पर नीचे कूड़े का ढेर है, और पास में कचरा डालने का बड़ा ड्रम रखा है ।

सहसा इस ड्रम के पीछे से मुझे तुलसी निकलता हुआ नज़र आता है । हाथों में, पानी से छलछलाती दो बाल्टियाँ उठाए हुए है । और सड़क पार करने लगा है । सिर से नंगा है और पहले जैसा ही गठीला और नाटा । मुझे देखते ही उसका चेहरा खिल उठता है ।

"बहुत दिनों बाद आए हो ।" वह हँसकर अपनी खरज आवाज़ में पूछता है और उसके लाल-लाल मसूड़े चमक उठते हैं ।

"मैं यह देने आया हूँ ।" गठरी उसके सामने करते हुए कहता हूँ, "माता जी ने कुछ कपड़े भेजे हैं ।"

इतने में कहीं से चिल्लाती हुई-सी आवाज़ आती है, "अब वहाँ रुक-मर क्यों गए हो ? देखो तो कितना दिन चढ़ आया है ।"

सड़क के पार, लगभग बीस सीढ़ियाँ ऊपर एक मकान के चबूतरे पर एक महिला खड़ी तुलसी पर चिल्ला रही है । सलवार का एक पाँचा घुटनों तक उठा हुआ, हाथ में झाड़ू, मुँह में राँगला दातून चबाती हुई वह तुलसी का इंतजार कर रही है ।

"तुम थोड़ा रुक जाओ । मैं वैद्य जी के घर की सीढ़ियाँ धोकर आता हूँ ··· तुम ऊपर मेरे कमरे में चले जाओ ।"

और वह बाल्टियाँ उठाए सड़क पार करने लगता है ।

मैं कुछ देर वहीं खड़ा तुलसी को देखता रहता हूँ । मैं तो कुछ दूसरी ही आशाएँ लेकर आया था कि औषधालय में मरीज़ों की भीड़ लगी होगी और तुलसी पगड़ी लगाए और कोट पहने दवाइयों की पुड़ियाँ बना-बनाकर दे रहा होगा । यहाँ तो यह सीढ़ियाँ धो रहा है । क्या यहाँ भी यह घर का काम करता

है ? भाई तो कहता था तुलसी वैद्य बनेगा ।

लगभग बीस लंबी-लंबी सीढ़ियाँ हैं । तुलसी छलछलाती बाल्टियाँ उठाए चबूतरे पर जा पहुँचा है । उलझे बालोंवाली औरत ने सलवार का दूसरा पाँचा भी थोड़ा ऊपर उठा लिया है । तुलसी पानी उँडेलता है और वह सीढ़ियों पर झाड़ू लगाने लगी है । मटमैले पानी की नन्ही-नन्ही 'धारियाँ' चबूतरे पर से नीचे सीढ़ियों पर उतरने लगी हैं, दो बाल्टियाँ उँडेल देने के बाद तुलसी बाल्टियाँ उठाए लौट आया है और वह औरत फिर पाँचा घुटनों तक उठाए खड़ी दातून चबाती हुई जबड़ा हिलाने लगी है । "जल्दी करना, वहीं पर नहीं मर जाना ।" वह चिल्लाकर कहती है ।

मैं पिछवाड़े की ओर से अंदर आ जाता हूँ और सीढ़ियाँ चढ़कर धीरे-धीरे तीसरी मंजिल पर जा पहुँचता हूँ, जहाँ तुलसीराम का कमरा है ।

मेरे अंदर क़दम रखने पर एक छाया-सी कमरे की खिड़की पर से हट जाती है और कमरा लाँघकर कोने में दुबक जाती है । मेरी आँखों के सामने पीले रंग का दुपट्टा-सा उड़ता है और काँच की चूड़ियाँ खनकती हैं । यह देवकी है, तुलसीराम की पत्नी । कुछ ही मुद्दत पहले तुलसी गाँव से शादी करके लौटा है ।

मैं दहलीज़ पर ठिठक जाता हूँ । देवकी मेरी ओर पीठ किए, कोने में दीवार की ओर मुँह किए खड़ी है ।

"माता जी ने ये कपड़े भेजे हैं ।" मैं धीरे से कहता हूँ । इस पर वह घूम जाती है, पर लजाती हुई-सी वहीं खड़ी रहती है । मैं गठरी फ़र्श पर रख देता हूँ । मैं एक बार पहले देवकी को देख चुका हूँ, जब तुलसी उसे ब्याहकर गाँव से लाया था और माता जी ने तब भी उसे कुछ कपड़े दिए थे । देवकी अभी भी विद्या बहन के कपड़े पहने हुए है ।

"वह नीचे हैं जी, आप बैठो ।"

वह कहती है और एक ओर दीवार के साथ बिछी चटाई की ओर इशारा कर देती है ।

कमरे में एक ओर चटाई बिछी है । चटाई के सामने ही कुछेक चमचमाते बरतन रखे हैं, एक ओर मिट्टी का चूल्हा है । और चटाई के ही दूसरी ओर कुछेक किताबें दीवार के साथ फ़र्श पर पड़ी हैं । यह तुलसी का अपना घर है ।

"वह तो सीढ़ियाँ धोने गए हैं जी, अभी आ जाएँगे ।"

वह कुछ देर तक कोने में ही ठिठकी खड़ी रहती है, फिर दाएँ हाथ छत पर खुलनेवाले दरवाज़े में से लपककर चली जाती है और मुँडेर के नीचे बने झरोखों में से बाहर की ओर देखने लगती है । मैं समझ जाता हूँ । झरोखों में से वैद्य जी का घर नज़र आता है और देवकी की आँखें तुलसी पर टिकी हैं । मैं भी चटाई पर से उठकर खिड़की के पास आ गया हूँ और नीचे उसी ओर देखने लगता हूँ ।

तुलसी पानी डालकर दोनों ख़ाली बाल्टियाँ उठाए सीढ़ियाँ उतर रहा है । निचली सीढ़ी पर पहुँचकर वह नज़र उठाकर सामने ऊपर की ओर देखता है और मुस्करा देता है । उसकी आँखें शायद खिड़की में देवकी को ढूँढ़ रही हैं ।

दो बाल्टियों के पानी से एक सीढ़ी साफ़ होती है । लेकिन ऐसी साफ़ होती है कि चमकने लगती है । कुछ ईंटें तो बिलकुल लाल-लाल निकल आती हैं ।

तुलसी का चेहरा दमक रहा है । हर बार सीढ़ियाँ उतरते हुए वह ऊपर की ओर देखकर मुस्करा देता है । यह मुस्कराहट मेरे लिए नहीं, देवकी के लिए है जो बराबर झरोखों के साथ चिपकी तुलसी को देखे जा रही है ।

वैद्य-डॉक्टर साफ़ रहना पसंद करते हैं इसीलिए वैद्य जी रोज सीढ़ियाँ धुलवाते होंगे । अब तुलसी सीढ़ियों के बीचोंबीच पहुँच चुका है और स्वयं पानी भी उँडेलता है और झाड़ू भी लगाता है । वैद्य जी की पत्नी अभी भी जबड़ा हिलाती हुई चबूतरे पर खड़ी उसे कोसे जा रही है ।

तुलसी को पसीना आ गया है । कुर्ते की पीठ का रंग गहरा पड़ गया है । धूप तेज़ होने लगी है ।

बड़ी देर के बाद तुलसी कमरे में लौटता है । सीढ़ियाँ धो चुकने पर वह दो बार वैद्य जी के घर के अंदर भी पानी डालने गया था ।

''देवी जी, थोड़ा पानी देना ।'' अपनी आस्तीन से माथे का पसीना पोंछते हुए तुलसी कहता है । वह अपनी पत्नी को 'देवी जी' कहकर बुलाता है, जैसा कि कुछेक आर्यसमाजी घरों में प्रचलित है ।

''मंत्री जी का आदमी आया था,'' तुलसी के हाथ में पानी का गिलास देते हुए, उलाहने के स्वर में देवकी कह रही है, ''मंत्री जी ने कहा है, प्रधान जी के घर से हवनकुंड लेकर मेरे घर पहुँचा दो ।''

''कब आया था ?''

''अभी-अभी आया था ।''

तुलसी कमरे के बीचोंबीच खड़ा बहुत छोटा-सा लगने लगा है । अब वह

मुझे बहुत बड़ा नज़र नहीं आता ।

"आज बीस और चार बाल्टियाँ थीं," देवकी क्षुब्ध-सी आवाज़ में कहती है । तुलसी हँसकर मेरी ओर घूम जाता है, "मैं बाल्टियाँ भर-भरकर ले जाता हूँ, वह ऊपर खड़ी गिनती रहती है ।"

"कल बीस और आठ थीं, परसों बीस और नौ ।" कहते हुए देवकी की आवाज़ लड़खड़ा जाती है, "मैं इधर घर पर ख़ाली बैठी रहती हूँ जी, मैं सीढ़ियाँ धो सकती हूँ । पर यह मुझे धोने नहीं देते ।" वह रुँधे गले-से कहती है और दोनों घुटनों के बीच अपना सिर छिपा लेती है ।

"पर मैं कोई थकता हूँ ? मैं पचास बाल्टियाँ ढो सकता हूँ ।"

तुलसी मुझे संबोधन करके कहता है । "वैद्य जी की पत्नी को सफ़ाई का बहुत शौक है । बीस-पच्चीस बाल्टियाँ तो रोज ही भरनी पड़ती हैं । पढ़ने के लिए वक्त नहीं मिलता ।"

तुलसी ने देवकी को संध्या के मंत्र सिखा दिए हैं । शांतिपाठ भी, प्रवेशिका भी पढ़ाता है ।

मैं माता जी द्वारा भेजी गई छोटी-सी गठरी देवकी के आगे बढ़ा देता हूँ । "माता जी ने कपड़े भेजे हैं ।" मैं फिर कहता हूँ ।

देवकी की आँखें चमकने लगी हैं । वह झट से आगे बढ़कर पोटली ले लेती है, और गाँठ खोलकर कपड़े देखने लगती है । पुराने कपड़े हैं, शायद विमला के हैं, या विद्या बहन के हैं । उनमें कुछ कपड़े छोटे बच्चे के भी हैं, जिन्हें खोलकर देखते हुए देवकी शर्म से लाल हो जाती है और उन्हीं में अपना मुँह छिपा लेती है । उसकी चूड़ियाँ खनक उठती हैं ।

"अब मैं चलूँगा । हवनकुंड पहुँचाना है । फिर साढ़े आठ बजे औषधालय खुल जाता है । मुझे देर हो जाएगी ।" तुलसी की आँखें बोझल हो रही हैं । वह चटाई पर दीवार के साथ पीठ लगाए बैठा है, और लगता है अभी ऊँघ जाएगा ।

"हाय, मैं मर गई," देवकी सहसा कहती है और उठकर चूल्हे के पास जा पहुँची है ।

"यह क्या करने लगी हो देवी जी ?"

"मैं जल्दी से दो रोटियाँ सेंक देती हूँ । रोटी खाकर जाना ।"

"रोटी अब कब खाऊँगा ? यह कोई वक्त है ? प्रधान जी का घर नए महल्ले में है । वहाँ से हवनकुण्ड उठाकर सैदपुरी महल्ले में ले जाना है । इधर

औषधालय खुलने का भी वक्त हो जाएगा ।"

तुलसी घर पर था तो एक परिवार का नौकर था । अब यहाँ वह आर्यसमाज के बीसियों सदस्यों का नौकर है ।

"एक रोटी खा जाओ न जी । लौटते-लौटते कितनी देर हो जाती है ।" फिर मेरी ओर देखकर कहती है, "यह रोज बेवक्त रोटी खाते हैं जी । कभी दिन-भर निकल जाता है, खाते ही नहीं । कभी कोई बुला ले जाता है, कभी कोई । आप बड़े बाबू से कहो न जी, वैद्य जी को समझाएँ ।"

"मैं कुछ नहीं खाऊँगा ।" तुलसी की आवाज़ में कुछ-कुछ पिता जी की आवाज़ का लहज़ा आ गया है । वह चटाई पर से उठकर अँगड़ाई लेते हुए खिड़की के पास जा पहुँचा है । "वैद्य जी आ रहे हैं," वह कहता है । देवकी भी लपककर बाहर झरोखे में से बाहर देखती है । मैं भी खिड़की के पास आ गया हूँ । वैद्य जी ही हैं, घर में से निकलकर धीरे-धीरे सीढ़ियाँ उतरने लगे हैं । घुटने से नीचे तक का लंबा कोट, सिर पर पगड़ी और आँखों पर चश्मा ।

"देखना जी," देवकी चहककर कहती है, "अभी वैद्य जी आधी सीढ़ियाँ उतरकर वापस लौट जाएँगे । वह एक बार ज़रूर वापस जाते हैं ।"

ऐन वही बात हुई है । वैद्य जी दसेक सीढ़ियाँ उतरकर सहसा ठिठक गए हैं और वापस सीढ़ियाँ चढ़ने लगे हैं । देवकी बच्चों की तरह खिलखिलाकर हँसने लगी है ।

"अब बताऊँ जी ।" देवकी चहककर कहती है, "वैद्य जी, थैला लेने गए हैं ।" और फिर झरोखों से चिपकी बाहर देखने लगी है ।

उसका यह अनुमान भी ठीक निकला है । वैद्य जी लौट आए हैं और उनके हाथ में सचमुच मूँगिया रंग का बड़ा-सा थैला है, जैसा घोड़ों के मुँह के आगे बाँधा जाता है । देवकी अबकी बार ताली बजाकर हँस रही है ।

"बड़ों पर हँसते नहीं देवी जी, मैंने कई बार आपको समझाया है ।" तुलसी अपनी गहरी, खरज आवाज़ में कहता है । तुलसी का लहज़ा सचमुच पिता जी के लहज़े से मिलने लगा है ।

वैद्य जी के घर के चबूतरे पर उनकी पत्नी भी आकर खड़ी हो गई हैं और वैद्य जी से कुछ कह रही हैं । देवकी उसी क्षण झरोखे से लौट आई है और उसका चेहरा बुझ-सा गया है ।

"वह तो आज आपको सौदा लाने मंडी भेजेंगे जी । देख लेना । आप अभी

जल्दी से सीढ़ियाँ उतर जाओ जी, नहीं तो वैद्य जी अभी आकर आवाज लगाएँगे।"

"क्या कह रही हो देवी जी, वैद्य जी का सौदा नहीं लाऊँगा? ऐसी बातें न मुँह पर लाया करो।" वह डाँटती-सी आवाज में कहता है।

हम सीढ़ियाँ उतरने लगे हैं। देवकी दरवाज़े के चौखट में खिन्न-सी खड़ी है।

"तुलसी, तुम वैद्य बन जाओगे?" निचली मंज़िल की सीढ़ियाँ उतरते हुए मैं पूछता हूँ।

"वैद्य जी कभी पढ़ाते हैं, कभी नहीं पढ़ाते। मुझे तो वक्त ही नहीं मिलता।" फिर मानो अपने-आप से बातें करता हुआ कहे जाता है, "देवकी को गाँव में छोड़ आऊँगा। अपने लिए दो रोटियाँ सेंक लिया करूँगा। फिर शायद पढ़ पाऊँगा।"

सीढ़ियों के नीचे वैद्य जी अपना थैला लिए खड़े हैं। तुलसी हाथ जोड़े उनके पास जाकर खड़ा हो जाता है।

"तुलसीराम, यह थैला पकड़ो और मंडी से थोड़ा सौदा-सुलफ़ ले आओ···"

वैद्य जी कह रहे हैं और उसके हाथ में एक काग़ज़ देते हैं।

दोपहर का वक्त है। रसोईघर के बाहर टीन के छप्पर के नीचे भाई और मैं बातें कर रहे हैं। भाई खंभे का सहारा लिए खड़ा है, और उसने ख़ाकी रंग का टोप पहन रखा है। भाई लाहौर से छुट्टियों में आया है। नीचे सफ़ेद रंग की पतलून पहने हुए है। मैं उसके टोप को देखे जा रहा हूँ, "हम वहाँ इस यों टेढ़ा करके पहनते हैं।" और वह टोप को थोड़ा-सा दाईं कनपटी की ओर झुका लेता है। भाई बहुत गोरा लग रहा है। उसका चेहरा दमक रहा है।

"यह हमारे 'कॉलिज' का 'कलर' है।" वह सूटकेस में से एक नेकटाई निकालकर दिखाता है। उसमें सुनहरे और लाल रंग की पट्टियाँ-सी बनी हैं। "लड़के इसी रंग का ब्लेज़र भी पहनते हैं।"

"ब्लेज़र क्या होता है?"

"एक ख़ास कपड़े का कोट होता है। वह मैं साथ नहीं लाया।"

भाई की बातें सुनते हुए पहले ही की तरह एक नई दुनिया आँखों के सामने खुलने लगती है ।

"खेलने की कमीज भी इन्हीं दो रंगों की होती है, तौलिया भी, जर्सी भी, लंबे मोज़े भी ..." भाई कहता है, "वहाँ हमें अंग्रेज प्रोफ़ेसर पढ़ाते हैं । हमारे दो प्रोफ़ेसर अंग्रेज हैं ।"

"मैंने भी शेव किया है ।" मैं झट से प्रतिरोध के भाव में कह देता हूँ । दो ही दिन पहले मैंने पहली बार शेव किया था और नए ब्लेड से मेरे गाल छिल गए थे, और जगह-जगह से खून निकल आया था ।

"तुमने इतनी जल्दी क्यों शेव करना शुरू कर दिया है ?"

भाई गंभीरता से पूछता है और मेरे पास खाट पर बैठ जाता है ।

"ठुड्डी पर काले-काले बाल निकल आते थे । मैं उन्हें नोच देता तो और ज़्यादा मोटे बाल निकल आते थे ।"

"किससे पूछकर शेव किया था ? शुरू-शुरू में तो केवल कैंची से बाल काटते हैं । अब तेरा शेव बहुत सख़्त हो जाएगा, देख लेना ! मुँह पर दाढ़ी-ही-दाढ़ी हो जाएगी ।"

मैं हताश उसके चेहरे की ओर देखे जा रहा हूँ । भाई को मेरा कोई भी काम पसंद नहीं । जो हल्का-सा उछाह मन में पैदा हुआ था, वह निराशा में डूबने लगा है ।

"देख तो मेरा शेव कितना मुलायम है ?" और वह मेरा हाथ पकड़कर अपने गालों पर फेरता है । उसके गाल सचमुच बड़े मुलायम हैं, और मेरे खुरदरे हो रहे हैं । भाई के सामने मैं फिर अपने को हीन समझने लगा हूँ ।

"रात को मेरा वीर्य भी गिरता है ।" मैं धीमी-सी, जख़्मी आवाज़ में कहता हूँ ।

भाई मेरी ओर देखता रह जाता है । इंसान की आँखें इतनी बड़ी हो सकती हैं, इसकी मैंने कल्पना नहीं की थी ।

"कितनी बार गिर चुका है ?"

"तीन बार । पहली बार गर्मियों में गिरा था । मैंने माँ को बताया था । मुझे लगा जैसे मेरे अंदर से पीप निकली है । मैं बहुत डर गया था ।"

"माँ ने क्या कहा ?"

"माँ कुछ नहीं बोली, पर उसने पिता जी को बता दिया ।"

"फिर ? पिता जी ने क्या कहा ?"

"पिता जी ने बहुत डाँटा," मेरी आवाज़ धीमी पड़ जाती है । "वह कहने लगे, तुम ज़रूर नावलें पढ़ते होगे । वह मेरे कोर्स का नावल उठा ले गए और खिड़की में से बाहर फेंक दिया । अब वह रोज मुझे चार बजे उठा देते हैं और ठंडे पानी से नहाने को कहते हैं ।"

"फिर ?"

"उन्होंने मुझे एक किताब पढ़ने को दी है । उसी में लिखा था कि वह वीर्य होता है ।"

"वह मैंने भी पढ़ी है । 'अमृत बिंदु' है न ?"

"हाँ ! उसमें यह भी लिखा है कि खाना चबाकर खाया करो और शाम को ठंडे पानी से नहाया करो ।"

"तुम कितनी बार खाना चबाते हो ?"

"सत्तर बार । तभी निगलता हूँ जब लुक्मा पानी बन जाता है । और सुबह-शाम रोज ठंडे पानी से नहाता हूँ ।"

"दूध पीते हो ? रात को दूध नहीं पीना चाहिए ।"

"नहीं ! माँ देती है तो भी नहीं पीता । रात को रोटियाँ भी पहले चार खाता था, अब केवल एक खाता हूँ ।"

"कसरत करते हो ?"

"हाँ, मैं और मेरा एक दोस्त भागते हुए चकलाला तक जाते हैं और भागते हुए ही लौटकर आते हैं ।"

"फिर तो तुम्हारा वीर्यपात नहीं होना चाहिए ।" भाई मेरी ओर से आँखें हटाकर डॉक्टरों की-सी मुद्रा में कहता है ।

"यह दोस्त कौन-सा है तेरा ?"

"तुम उसे जानते हो । कुलदीप ! धर्मदेव का छोटा भाई ।"

"उसे भी वीर्यपात होता है ?"

मैं नहीं जानता । मैं अपने वीर्यपात की बात किसी से नहीं कहता ।"

मेरी आवाज़ पहले से भी ज़्यादा धीमी पड़ गई है । मैं फिर उसी किताब की चर्चा करता हूँ ।

"... और उसमें लिखा है, स्त्री की तरफ़ नहीं देखना चाहिए ।"

"तुम देखते हो ?"

"कभी-कभी देखता हूँ, पर जान-बूझकर नहीं देखता ।" मैं अपनी सफाई में कह रहा हूँ, "जब गली में कोई औरत बुर्का उठाती है तो ज़रूर नज़र पड़ जाती है ।" मैं गुनाह-कबूली की-सी आवाज़ में कहता हूँ ।

"एक रोज मैं छत पर खड़ा था । मैंने नीचे माता जी को आवाज़ लगाई तो पिछवाड़े के घर में अकरां ने मेरी नक़ल उतारी । बोली, "माता जी !" मैंने देखा तो अकरां थी, मुर्तज़ा की बहन । बहुत बड़ी हो गई है । मेरी तरफ़ देख-देखकर हँस रही थी ।"

भाई फिर मेरी ओर देखने लगा है ।

"पर मैं उसी वक्त सीढ़ियाँ उतरकर नीचे चला गया ।" भाई अभी भी चुप है ।

"मैंने अपनी सभी किताबों में से औरतों की तसवीरें फाड़ दी हैं ।"

"कितने दिन में वीर्यपात होता है ?"

"दूसरा 27 दिन के बाद हुआ था । तीसरा 26 दिन के बाद ।"

"तुम्हें कैसे मालूम है ? तुम दिन गिनते रहते हो ?"

"हाँ, मैं एक-एक दिन गिनता रहता हूँ ।"

"तुम हस्तमैथुन करते हो ?" सहसा भाई पूछता है । भाई एकटक मेरी ओर देख रहा है ।

"नहीं तो, मैं अपने अंग को तो छूता तक नहीं ।"

"तुम पिता जी की सौगंध खाकर कहो कि तुम हस्तमैथुन नहीं करते ?"

"मैं नहीं करता, पिता जी की सौगंध खाकर कहता हूँ ।"

भाई को विश्वास नहीं हो रहा है ।

"मेरे दिल पर हाथ रखकर कहो कि तुम हस्तमैथुन नहीं करते ।"

मैं भाई के दिल पर हाथ रखकर कहता हूँ, "नहीं करता ।"

"कहो हस्तमैथुन नहीं करता ।"

"हस्तमैथुन नहीं करता ।"

"सुरेंद्र है न ? सुरेंद्र को जानते हो ?"

"हाँ ।"

"वह हस्तमैथुन किया करता था । उसका अंग नीला पड़ गया है ।"

मैं भाई की ओर देखे जा रहा हूँ ।

"डॉक्टर ने उसके अंग पर टिंक्चर आयोडीन लगा दी है, अब हस्तमैथुन

करने लगे तो उसके अंग में दर्द होने लगता है । इसलिए वह हस्तमैथुन नहीं कर पाता ।"

भाई थोड़ी देर रुककर कह रहा है, "जो लोग हस्तमैथुन करते हैं, उनकी आँखों के नीचे काले साये पड़ जाते हैं और वे अपने दाँत कटकटाते हैं । तुम दाँत कटकटाते हो ?"

"नहीं तो ।"

मैं धीरे से भाई से पूछता हूँ, "तुम्हारा वीर्य गिरता है ?"

"नहीं । पाँच-छः महीने में कभी एकाध बार गिरता है । पर जब गिरने लगे तो मैं लंबे-लंबे साँस खींचता हूँ और वह रुक जाता है । फिर मैं झट से खाट पर से कूद जाता हूँ और डंड-बैठक पेलने लगता हूँ । तब नहीं गिरता ।"

भाई के चेहरे पर रौनक है, जो एक सच्चे ब्रह्मचारी के चेहरे पर होती है, चमकती आँखें, गोरे-गोरे लाल-लाल गाल, मैं सोचता हूँ, मेरा 'नैतिक पतन' हो चुका है, इसी कारण मेरा चेहरा साँवला है और पीला है, और उस पर कोई रौनक नहीं ।

"मुझे बताओ, मैं क्या करूँ ?" मैं व्याकुल-सी आवाज़ में कहता हूँ ।

भाई सामने बैठा सोच रहा है । अभी भी उसकी मुद्रा डॉक्टरों की-सी है । उसे इस बात का विश्वास दिलाने के लिए कि मैं कितना परेशान रहता हूँ, मैं धीरे-धीरे कहता हूँ, "मैंने रात को सोना भी छोड़ दिया है ।"

"क्या मतलब ?" वह मेरी ओर हैरान होकर देखता है ।

"अगर सोओ नहीं तो स्वप्नदोष नहीं हो सकता । जब घर में सब लोग सो जाते हैं तो मैं खाट पर से उठकर नीचे पिता जी के दफ़्तर में चला जाता हूँ, और वहीं पर, दीवारवाली घड़ी के सामने बैठा रहता हूँ ।"

"रात-भर बैठे रहते हो ?"

"हाँ, चार बजे तक ।"

"नींद नहीं आती ?"

"बहुत आती है । पर उसे रोकने के लिए कभी घड़ी के सैकेंड गिनने लगता हूँ, कभी यों ही गिनती करने लगता हूँ, कभी टहलने लगता हूँ ।"

"रोज ऐसा ही करते हो ?"

"नहीं, वीर्यपात के कुछ दिन बाद तक नहीं करता । पर दसेक दिन बाद मुझे डर लगने लगता है कि किसी दिन भी वीर्यपात हो सकता है । तब मैं नहीं

सोता ।"

भाई अभी भी मेरी ओर देखे जा रहा है ।

"मैंने साइकल चलाना भी छोड़ दिया है ।" मैं कह रहा हूँ, "किताब में लिखा है कि साइकल चलाओ तो स्वप्नदोष ज़्यादा होता है," फिर मैं धीरे से जोड़ता हूँ, "मैं तो अब लंगोट भी बाँधने लगा हूँ ।"

भाई चुप है ।

"तुम बताओ मैं क्या करूँ ?" मैं बड़ी व्याकुलता से भाई की ओर देखकर कहता हूँ ।

वह थोड़ी देर तक सोचता रहता है, फिर धीरे-से कहता है, "मैं अपने प्रोफ़ेसर साहब से पूछूँगा । जैसा वह कहेंगे, वैसा करेंगे । इन छुट्टियों में मैं तेरा वीर्यपात बंद करके जाऊँगा ।"

आँगन में खाटें बिछी हैं और परिवार के सभी लोग मज़े में सो रहे हैं । हल्की-हल्की हवा चल रही है और आकाश में असंख्य तारे झिलमिल-झिलमिल कर रहे हैं, उजले-उजले, लगता है नहाकर आए हैं । मैं बिस्तर पर दम साधे लेटा हूँ, इस इंतजार में कि कब पिता जी की आँख लग जाए और मैं चुपके-से नीचे जा पहुँचूँ । पड़ोस में चूड़ियाँ खनकने की आवाज़ आई है । थोड़ी देर बाद कोई आदमी पानी पीने के लिए उठा है । अच्छा हुआ जो खटका हुआ, वरना मैं ऊँघने लग जाता । मैं कोहनियों के बल थोड़ा-सा उठता हूँ । बिस्तर पर पीठ के बल लेटे रहो तो पता भी नहीं चलता और नींद अपने चंगुल मे दबोच लेती है । पर अगर हिलते रहो, करवट बदलते रहो, सिर उठा लो या मिनट-भर के लिए उठकर बैठ जाओ तो नींद दूर रहती है । कहीं खटका हो जाए तो यह डूबते को तिनके का सहारा है ।

पिता जी ने ख़र्राटा भरा है । मैं झट-से उठ बैठा हूँ । साथवाली खाट पर भाई गहरी नींद में सो रहा है । मेरे मन में गहरी टीस उठती है । काश, मैं भी गहरी नींद में सो पाता । भाई कभी भी हड़बड़ाकर नहीं उठता, जैसे मैं बार-बार उठता रहता हूँ । सुबह धूप भी निकल आएगी और वह सोता रहेगा ।

दबे-पाँव मैं सीढ़ियाँ उतरकर नीचे आ गया हूँ और दफ़्तर के दरवाज़े की साँकल खोलकर अंदर पहुँच गया हूँ । अंदर पहुँचते ही घड़ी ने आधा घंटा बजाया है । केवल एक बार टन की आवाज़ हुई है । क्या डेढ़ बजा है, या एक बजा है ? कमरे के अंदर घुप्प अँधेरा है । मैं अपने साँस की आवाज़ तक सुन

सकता हूँ। एक बार क्षण-भर के लिए बिजली जला लूँ तो घड़ी पर ठीक-ठीक वक्त देख सकता हूँ। पर नहीं, पिता जी को नीचे रोशनी नज़र आ गई तो वह उठ बैठेंगे और तरह-तरह के सवाल पूछेंगे।

पेंडुलम की टिक-टिक बराबर सुनाई दे रही है। मैं दफ़्तर में चलने लगा हूँ। पिता जी के मेज़ से लेकर पिछली दीवार तक बारह क़दम बनते हैं। कभी साढ़े ग्यारह! एक बार मैं पूरे 1600 क़दम चला था। तब सड़क की ओर खुलनेवाले रोशनदान में पौ फटती नज़र आ गई थी। मुझे कम-से-कम घड़ी बजने तक तो चलते रहना चाहिए ताकि ठीक वक्त पता चल जाए। अढाई बजे से चार बजे तक का वक्त ख़तरनाक होता है। उस वक्त मैं अगर चौकन्ना न रहूँ और लेट जाऊँ तो स्वप्नदोष हो जाने का बहुत ज़्यादा डर रहता है।

गर्मियों में सभी दरवाज़े बंद करके कमरे में टहलो तो बड़ी घुटन महसूस होती है। गले पर पसीना आ जाता है और कमीज़ गले को चुभने लगती है।

थोड़ी देर के लिए कोच पर बैठ जाऊँ। मैं मन-ही-मन अपने को वचन देता हूँ कि मैं सीधा बैठूँगा, कोच की पीठ के साथ पीठ नहीं लगाऊँगा, और पचास गिनकर उठ जाऊँगा और फिर से टहलने लगूँगा। बस केवल एक बार थोड़ा-सा बैठ लूँ। लेकिन भय इजाज़त नहीं देता। नहीं, दो सौ क़दम और चल लूँ फिर थोड़ी देर के लिए बैठ जाऊँगा, अभी नहीं। अँधेरे में टहलते हुए दफ़्तर के कुछ हिस्से अधिक काले और कुछ कम काले नज़र आते हैं, लगता है कमरा अंधकार के पुंजों में बँटा हुआ है।

अभी मैं केवल डेढ़ सौ क़दम चल पाया हूँ और पीठ दुखने लगी है, किसी-किसी वक्त पाँव डगमगा जाते हैं, दाएँ-बाएँ टेढ़े-से पड़ने लगते हैं, और मैं कुर्सी की पीठ पर हाथ रखकर खड़ा हो जाता हूँ और आँखें जोर-जोर से झपकने लगता हूँ। इससे भी नींद को दूर रखने में मदद मिलती है।

घड़ी ने दो बजाए हैं। मेरा अनुमान था फिर एक ही बार टन होगी, जिसका मतलब होगा डेढ़ बज गया। अब तो आधा घंटा और भी बीत चुका है, जैसे मुफ़्त में ही कट गया हो। अब मैं थोड़ी देर के लिए बैठ सकता हूँ।

नहीं, कोच पर नहीं बैठूँगा। कोच नर्म है, गुदगुदा है। मैं फ़र्श पर बैठ जाता हूँ, और सिर कोच से लगा लेता हूँ। इस तरह बैठने से झपकी आ भी जाए तो भी स्वप्नदोष का डर नहीं रहता, क्योंकि मैं उस वक्त लेटा थोड़े ही हूँगा, मैं तो बैठा हूँगा। कोच सचमुच बड़ा नर्म है। मिनट-भर के लिए उस पर बैठ जाऊँ?

गर्दन पर फिर से पसीना आने लगा है । सिर कोच पर लुढ़कता जाता है, लुढ़कता जाता है, और मैं उसे उठा नहीं सकता । सीधा नहीं कर सकता । मुझे लगता है जैसे मैं डूब रहा हूँ, किन्हीं सुखमय गहराइयों में डूब रहा हूँ !मैं हड़बड़ाकर उठ बैठा हूँ । मुझे कोई सपना आया था । क्या था वह सपना ? मैं खाट पर लेटा हूँ और चाँदनी रात है, और किसी बहुत ही सुंदर और विशाल घाटी में दूर-दूर तक चाँदनी छिटकी है, दूर किसी पहाड़ के दामन तक । मेरा सिरहाना बहुत नर्म है, बहुत ही नर्म ! और उसकी नर्मी से तथा चारों ओर छिटकी चाँदनी से मेरा सारा शरीर सराबोर हो उठा है । मैं झट-से उठ बैठा हूँ और लंबे-लंबे साँस खींच रहा हूँ ।

वीयपात टल गया है । मैं खूब लबे साँस खींच रहा हूँ । और फिर से उठकर चलने लगा हूँ, अब नींद कभी नहीं आएगी, मैंने थोड़ा-सा सो भी लिया है । हादसा होते-होते बच गया है, मैं बाल-बाल बच गया हूँ । वीर्यपात हो जाता तो मैं इस वक्त दीवार के साथ सिर फोड़ रहा होता या घर से भाग जाने की बात सोच रहा होता ।

एक बार रोशनी करके वक्त देख लूँ ? ऊँघ न गया होता तो वक्त का अंदाज़ बना रहता । वक्त का अंदाज न रहे तो लगता है, गहरे पानी में गोते खा रहा हूँ । गर्दन में हल्का-हल्का दर्द हो रहा है, जिसका मतलब है, मुझे लंबी झपकी आ गई थी ।

"हे ईश्वर ! हे सच्चिदानंद प्रभो ।" पिता जी की आवाज़ है । अभी पिता जी उठेंगे । ढाई बजे के बाद वह एक बार ज़रूर उठते हैं । मैं डर रहा हूँ कहीं पिता जी की नज़र मेरे ख़ाली बिस्तर पर नहीं पड़ जाए । मैं दफ़्तर के बीचोंबीच दम साधे खड़ा हूँ । पिता जी उठकर बोझल क़दमों से गुसलख़ाने की ओर जा रहे हैं । मेरे कान छत पर लगे हैं । अगर पिता जी ने बिस्तर ख़ाली देखकर आवाज़ लगा दी तो क्या होगा ? मैं चुपके-से सीढ़ियाँ चढ़कर आँगन में चला जाऊँगा और कहूँगा मैं कोठे पर गया था । पर पिता जी लौट आए हैं, अब सुराही में से पानी ढालकर पी रहे हैं, "हे ईश्वर ! हे सच्चिदानंद प्रभो ।" उन्होंने एक बार फिर कहा है और अपने पलँग पर लेट गए हैं । उनका ध्यान मेरी खाट की ओर नहीं गया ।

मैं फिर टहलने लगा हूँ । और फिर से क़दम गिनने लगा हूँ । कमरे में रोशनी हो तो नींद आने की संभावना कम हो जाती है । तब मैं घड़ी की सुइयों

पर ही नज़र गाड़े बैठा रह सकता हूँ। धीरे-धीरे गिनती करूँ तो 58 गिन चुकने पर मिनट की सूई झटका खाकर, अगली नन्ही लकीर पर आगे बढ़ जाती है। अगर थोड़ा जल्दी गिनूँ तो 65 गिनने पर सूई आगे बढ़ती है। या फिर अँगीठी के कपड़े पर बने मोर गिन सकता हूँ। कुल 18 हैं। मोर गिन चुकने पर नीचे बनी फूल-पत्तियाँ गिन सकता हूँ। पर अँधेरे में केवल अपने क़दम ही गिन सकता हूँ। टाँगें फिर से थकने लगी हैं, और सिर भारी हो रहा है। पर मैं बैठूँगा नहीं। क्या यह संभव नहीं कि कोई खड़े-खड़े सो सके? लगता है मेरा सिर मन भर का हो रहा है।

··· बाहर खटका हुआ है। चीं··· च··· र र र र की-सी आवाज़ है। कोई दरवाज़ा खुला है। कोई आदमी खाँसा है। सामनेवाले घर के चबूतरे पर छड़ी पटकने की आवाज़ आई है। पौ फटने लगी है। बाबू मंगलराम पूरे चार बजे घूमने जाता है। गली का नल भी सिसकारने लगा है। रोशनदान में से हल्की-सी रोशनी का भास मिलने लगा है। मेरा रोम-रोम खुशी से नाच उठा है। रात निकल गई, 26 दिन निकल गए हैं। अबकी बार महीना पूरा काट जाऊँ तो मैं अपने को इतना पतित नहीं समझूँगा। एक-एक करके गली-महल्ले में से आवाज़ें उठने लगी हैं। ये आवाज़ें मेरी ओर सहायता का हाथ बढ़ा रही हैं, "अब तुम निश्चित हो जाओ। हम तुम्हें सोने नहीं देंगी। आज तुम्हारा वीर्यपात नहीं होगा।"

मैं हौले से दफ़्तर में से निकलकर सीढ़ियाँ चढ़ता हुआ फिर अपने बिस्तर पर जाकर लेट जाता हूँ। सभी लोग अभी भी सो रहे हैं। कुछ ही देर बाद पिता जी करवट लेकर उठ बैठते हैं और कहते हैं, "उठो, उठो बेटा! उठो नहाओ-धोओ। उठो चार बज गए।"

औषधालय के बाहर खड़ा हूँ। समाज मंदिर के आँगन में कोई व्यक्ति खड़ा ऊँची-ऊँची आवाज़ में चिल्लाए जा रहा है।

"मैं एक-एक से समझ लूँगा। मैं ईंट-से-ईंट बजा दूँगा! मैं एक-एक से जवाबतलबी करवाऊँगा। मेरा भी नाम आत्मदर्शी है! मैं··· "

लंबा बंद गले का कोट और सिर पर पगड़ी लगाए वह व्यक्ति मुँह ऊँचा किए, बिना किसी को सीधा संबोधन किए, जैसे हवा में चिल्लाए जा रहा है, "मैं एक-एक से जवाबतलबी करवाऊँगा! नौ बज गए, अभी तक औषधालय के

दरवाज़े नहीं खोले गए, न वैद है, न वैद का कंपौंडर !"

सबसे ऊपरवाली मंजिल पर मुँडेर के पीछे पीले रंग के दुपट्टे की झलक मिलती है। देवकी मुँडेर से चिपकी खड़ी है।

"मैं एक-एक से समझ लूँगा ! मेरा भी नाम आत्मदर्शी है। यहाँ अंधेर मचा हुआ है। अखाड़ा खोला, वह बंद हो गया। गुरुकुल खोला, ब्रह्मचारी पच्चीस से तेरह रह गए, किसी के कान पर जूँ नहीं रेंगती। औषधालय खोला, वैद्य जी नौ-नौ बजे तक सोए रहते हैं। आर्यसमाज का रुपया बर्बाद हो रहा है।..."

आँगन सुनसान पड़ा है, न जाने यह आदमी किसको सुना-सुनाकर बोले जा रहा है।

अभी भी वह मुँह ऊँचा किए हुए है, किसी-किसी वक्त हाथ में पकड़े लट्ठ को जमीन पर ठोंकता है, उसी जगह पर न जाने कितनी देर से खड़ा है, "मेंबरों की आँखों में धूल झोंकी जा रही है। हम सबकुछ देख रहे हैं। आत्मदर्शी से कुछ भी छिपा नहीं है। मैं जवाबतलबी करवाऊँगा, एक-एक से समझ लूँगा। औषधालय के आदमी से घर का काम करवाया जाता है। सब बातें खुलेंगी, एक-एक करके सामने आएँगी..."

आत्मदर्शी का गला बैठने लगा है, पर वह बिना दाएँ-बाएँ देखें, सिर ऊँचा किए, उसी जगह खड़ा चिल्लाए जा रहा है। झरोखों के पीछे देवकी अभी भी मुँडेर से चिपकी खड़ी है।

मैं फाटक पर से हटकर सड़क पर आ जाता हूँ। मैं तुलसी से स्वप्नदोष की दवाई लेने आया था, पर इस समय वहाँ रुकना ठीक नहीं होगा। चौक में पहुँचने पर भी आत्मदर्शी की आवाज़ सुनाई देती है। ...मैं सड़कों पर निष्प्रयोजन घूमने लगा हूँ। कुछ महीनों से मैं बेहद अकेला महसूस करने लगा हूँ। अपने में खोया हुआ अलग-थलग बैठा रहता हूँ। हर राह-जाते लड़के के चेहरे की ओर देखता हूँ और अनुमान लगाने लगता हूँ कि उसे स्वप्नदोष है या नहीं। अंदर-ही-अंदर जैसे मुझे कोई घुन खाए जा रहा है। पिता जी का कोई मित्र सामने आ जाए तो मैं मुँह फेर लेता हूँ, क्योंकि मैं जानता हूँ वह रुककर कहेगा, "तुम कितने दुबले हो गए हो," और उसे मेरे चेहरे से मेरे रोग का पता चल जाएगा, और फिर वह मेरे भाई से मेरी तुलना करने लगेगा, वह चरित्रवान है, मैं चरित्रहीन हूँ...

चलता-चलता मैं ताँगों के अड्डे के पास जा पहुँचा हूँ जहाँ शहर का बड़ा गिर्जा है। गिर्जे की चारदीवारी के बाहर दो पेड़ों के बीच सफ़ेद कपड़े की चौड़ी

पट्टी लगाई गई है। उस पर लिखा है, "दुनिया के दु:खी लोगो, मुझ पर ईमान लाओ, मैं तुम्हें आराम दूँगा।"

मैं खड़ा उसे पढ़ रहा हूँ और सोच रहा हूँ कि गिर्जे के बड़े पादरी के पास शायद स्वप्नदोष का कोई इलाज हो।

"अरे! यहाँ खड़े क्या कर रहे हो?" पीछे से आवाज़ आती है। मैं घूमकर देखता हूँ, कुलदीप है। चमचमाती साइकल पर सवार, मेरे पीछे आकर रुक गया है और बड़े अंदाज़ से गद्दी पर बैठे-बैठे, एक पैर ज़मीन पर रखे खड़ा है। उसे देखते ही मेरा क्लेश जैसे आधा रह गया है। बहुत दिनों के बाद कोई बात करनेवाला मिला है।

"चल सिनेमा देखें।" वह कहता है।

मैं सुनते ही दुविधा में पड़ जाता हूँ।

"नहीं, मुझे काम है," मैं कहता हूँ, पर मैं अकेला सड़कें नापना नहीं चाहता।

"आओ यार, मेरे पास दो टिकट हैं। मदन नहीं आया।"

सामने ही सिनेमाघर है। वह मुझे दुविधा में पड़ने का मौका ही नहीं देता और थोड़ी देर बाद हम अँधेरे हाल में अपनी सीटें खोज रहे हैं। "'शीरीं फ़रहाद' का खेल है। मेरी आँखें पर्दे पर लगी हैं। पर हॉल के अंदर पहुँचकर मैं उद्विग्न हो उठा हूँ। मुझे यहाँ नहीं आना चाहिए था। 'अमृत-बिंदु' पुस्तक में साफ़ लिखा है, जिन लड़कों का वीर्य गिरता हो, उन्हें सिनेमा नहीं देखना चाहिए। पर भाई भी तो सिनेमा देखता है, उसके सभी दोस्त देखते हैं। एक चट्टान पर बैठा फ़रहाद पत्थर कूट रहा है और बराबर गाए जा रहा है। पर्दे पर बहुत तेज़ रोशनी पड़ रही है। हम देर से पहुँचे हैं, फ़िल्म का बहुत-सा हिस्सा दिखाया जा चुका है।

सहसा हॉल में बत्तियाँ जल उठी हैं और पान-सिगरेट बेचनेवाले लड़के आवाज़ें लगाते हुए हॉल के अंदर पहुँच गए हैं।

"मैं जा रहा हूँ।" मैं उठते हुए कहता हूँ।

"अब कहाँ जाओगे? अभी बहुत बढ़िया प्रोग्राम होगा।"

कुलदीप मेरा हाथ पकड़कर मुझे बिठा देता है, "अभी बहुत बढ़िया प्रोग्राम होगा, जो तुमने पहले कभी नहीं देखा।"

"क्या होगा?"

"जिंदा नाच होगा," वह कहता है, "ईरानी लड़की नाचेगी। बैठे रहो!" मैं

एक बार उठने की फिर कोशिश करता हूँ, पर कुतूहल और उत्सुकता से दिल धक्-धक् करने लगा है। इसी उधेड़बुन में हॉल की बत्तियाँ बुझ गई हैं, सिनेमा के पर्दे के आगे काला पर्दा खींच दिया गया है, हॉल में अँधेरा छा गया है, मैं तेज़-तेज़ साँस लेता हुआ स्टेज की ओर एकटक देखे जा रहा हूँ। कुलदीप अभी भी मेरा हाथ पकड़े हुए है।

सहसा दाईं ओर से लाल रोशनी की एक किरन स्टेज पर पड़ती है और उसके गोल घेरे में एक लड़की खड़ी नज़र आती है। लगता है जैसे रोशनी की लाल किरन ही उसे स्टेज पर लाई हो। उसके हाथ में डफली है और उसके लंबे-लंबे सुनहरे बाल कंधों पर झूल रहे हैं। अलौकिक-सा दृश्य है। लड़की घुटनों तक लाल रंग का चुन्नटोंवाला घाघरा पहने हुए है। मेरा दिल अभी भी धक्-धक् किए जा रहा है, पर लगता है जैसे किसी दूसरी दुनिया में पहुँच गया हूँ।

लड़की का एक हाथ कमर पर है, दूसरा कमान की शक्ल में कंधे पर रखा है, और उसमें गोल-सी डफली है। यह तनिक टेढ़ी-सी होकर खड़ी है और मुस्कराती हुई दर्शकों की ओर देखे जा रही है।

सहसा वह सिर झटककर और फ़र्श को पैर की ठोकर देकर नाचने लगी है। डफली' बज उठी है। पीछे, कहीं अँधेरे पर्दों के पीछे वाद्ययंत्र बज उठे हैं। रोशनी का गोल दायरा अभी भी उसे अपने घेरे में लिए हुए है।

रोशनी का दायरा हरे रंग में बदल गया है। वह पहले से भी ज़्यादा आकर्षक लगने लगी है। कभी वह 'डफली' दाएँ घुटने पर ठकोरती है, कभी फिर सिर के ऊपर उठा-उठाकर बजाती है, किसी-किसी वक्त उसका सारा जिस्म कमान की तरह खिच जाता है। कभी वह थिरक-थिरककर गोल वृत्तों में नाचने लगती है। उस वक्त उसका चुन्नटोंवाला घाघरा, घुटनों के ऊपर तक उठ जाता है। जिससे उसकी पिंडलियाँ दिखाई देने लगती हैं। क्या अप्सराएँ ऐसी होती हैं?

सहसा मेरा मन मुझे कचोटने लगता है। मैं आँखें फाड़-फाड़कर एक औरत के चेहरे को देखे जा रहा हूँ जबकि 'अमृत-बिंदु' में साफ़ लिखा है····। मैं उस पर से आँखें हटाने के लिए नीचे देखने लगता हूँ, पर आँखें खिची हुई स्टेज की ओर मुड़ जाती हैं। इतनी विकट स्थिति का सामना मुझे पहले कभी भी नहीं करना पड़ा है। ऐसी सुंदर स्त्री मैंने पहले कभी नहीं देखी है। कुलदीप अभी भी मुझे

कसकर पकड़े हुए है।

डफली की एक अंतिम ठोकर के साथ नाच समाप्त हो जाता है। हॉल तालियों से गूँज उठा है। 'वन्स मोर! वन्स मोर!' की आवाजें आने लगी हैं। लड़की आगे की ओर झुककर दर्शकों का अभिवादन कर रही है, उसके चमकते सुनहरे बाल लहरों की तरह उसके माथे और कंधों पर झूल रहे हैं। स्टेज पर कुछ लोग पैसे फेंकते हैं।

फिर वह दिल पर हाथ रखकर, झुककर अभिवादन करती है, फिर मुस्कराती हुई, दायाँ हाथ अपने लाल-लाल होंठों पर रखकर दर्शकों की ओर चुंबन फेंकती है, हॉल फिर आवाज़ों और तालियों से गूँज उठता है, और सहसा ही वह आँखों से ओझल हो जाती है, और स्टेज पर और हॉल-भर में अँधेरा छा जाता है।

''वह फिर आएगी।'' आगे बैठा हुआ एक आदमी कहता है।

''अब नहीं आएगी।'' उसका साथी जवाब देता है।

मेरा दिल पहले की ही तरह धक्-धक् किए जा रहा है। जी चाहता है वह एक बार फिर स्टेज पर आए। साथ ही मैं अपने को मन-ही-मन धिक्कार रहा हूँ और वहाँ से उठ जाना चाहता हूँ।

पर्दे पर फिर फ़िल्म दिखाई जाने लगी है। फ़रहाद फिर पत्थर कूटने और गाने लगा है।

सिनेमाघर में से निकलते ही मैं संताप की आग में जलने लगा हूँ। और इसी आग के बीच उस नर्तकी का अत्यंत सुंदर चेहरा मेरी आँखों के सामने घूमने लगा है। लगता है वह आग के शोलों के बीच बेसुध नाचे जा रही है।

मेरा माथा तपने लगा है। सिनेमाघर में से निकलकर कुछ दूर तक हम दोनों कुलदीप की साइकल पर चले जाते हैं, फिर नए महल्ले की ढलान के निकट पहुँचकर पैदल चलने लगते हैं। सहसा किसी अज्ञात प्रेरणावश मैं कुलदीप को ढकेलता हुआ एक अँधेरी-सी गली में ले जाता हूँ जहाँ कुछेक टूटे-फूटे मकान हैं और सिरे पर दो-एक दुकानें हैं।

''यहाँ क्या करने आए हो?'' वह मुझसे पूछता है।

''एक बात बताओ! सच-सच बताना। तुम्हारा वीर्य गिरता है?''

वह मेरी ओर देखकर हँसने लगता है, ''तेरा गिरता है?''

''मैं तुझसे पूछ रहा हूँ।'' मैं बड़ी गंभीर आवाज़ से पूछ रहा हूँ। मुझे उससे

यह कबूल करवाने में कि उसका भी वीर्य गिरता है एक विशेष संतोष मिल रहा है।

"हाँ, गिरता है, कभी-कभी।"

"देखा? मुझे मालूम था तेरा वीर्य गिरता है। तू मुझसे छिपाता है। कितने-कितने दिन के बाद गिरता है?"

"यह मुझे नहीं मालूम। कभी-कभी गिर जाता है।"

"तुम झूठ बोल रहे हो जी!" मैं कड़ककर कहता हूँ और अँधेरी गली में उसे और आगे धकेलकर ले जाता हूँ। वह कुछ-कुछ सहम-सा गया है।

मैं उसके मुँह से यह सुनना चाहता हूँ कि उसे मुझसे भी अधिक स्वप्नदोष रहता है, ताकि मैं उसे उपदेश दे सकूँ। उसे ठीक राह पर ला सकूँ।

"मैं किसी को बताऊँगा नहीं, सच-सच बता दे, कितने दिन के बाद तेरा वीर्यपात होता है?"

"कभी महीने-दो महीने में हो जाता है, एकाध बार।"

"तू दिन नहीं गिनता?"

"तू गिनता है?" वह हँसकर पूछता है।

"मैं तुझसे पूछ रहा हूँ।"

"मैं नहीं गिनता।"

वह मेरी गंभीरता से अभी तक प्रभावित नहीं हो पाया है। मैं क्षुब्ध होकर कहता हूँ, "तू हँसे जा रहा है, तुझे नहीं मालूम कि वीर्य कितनी कीमती चीज़ है। इसे इसी कारण अमृतबिंदु कहते हैं। चार सौ खून की बूँदों में से एक बूँद वीर्य की बनती है और रीढ़ की हड्डी में वीर्य जमा होता रहता है। अगर वीर्य गिरने लगे तो रीढ़ की हड्डी कमज़ोर पड़ जाती है। सारा शरीर कमज़ोर पड़ जाता है।"

मुझे लगता है जैसे मेरे ज्ञान का उस पर कुछ असर पड़ने लगा है। मैं उपदेश दिए जा रहा हूँ, "कुछ लोग हस्तमैथुन करते हैं। यह बहुत बुरी बात है, उनका अंग नीला पड़ जाता है। तू हस्तमैथुन करता है?"

"तू करता है?" वह पहले की तरह व्यंग्य से पूछता है।

"मैं तुझसे पूछ रहा हूँ। अगर तू सच बता देगा तो मैं तेरी मदद करूँगा। मुझे ऐसे-ऐसे तरीके मालूम हैं जिनसे वीर्यपात बंद हो जाता है। मुझे सच-सच बता देगा तो तेरी रीढ़ की हड्डी सीधी बनी रहेगी। तेरा चेहरा भी पीला नहीं रहेगा जैसा अब हो रहा है।"

कुलदीप चुपचाप मेरी ओर देखे जा रहा है। बात कुछ-कुछ बनने लगी है। उसकी मुद्रा भी गंभीर-सी लगने लगी है। मैं कहे जा रहा हूँ, "तुम्हें साइकल नहीं चलानी चाहिए। रात को ठंडे पानी से नहाना चाहिए। खाना चबा-चबाकर खाना चाहिए।"

उसके होंठ फिर टेढ़े-मेढ़े-से होने लगे हैं। शायद फिर मुस्कराने लगा है।

"सच-सच बता, तू हस्तमैथुन करता है?"

"तू करता है?"

मैं तुझसे पूछ रहा हूँ। मैं हस्तमैथुन कभी नहीं करता। मैं अपने अंग को कभी छूता तक नहीं। तेरा अंग नीला पड़ जाएगा। तू ज़रूर हस्तमैथुन करता है। मुझे सच-सच बता दे, मैं किसी से नहीं कहूँगा।" मेरी आवाज़ ऊँची होती जा रही है। वह अभी भी मेरी ओर बड़ी लापरवाही से देखे जा रहा है। "तेरा अंग अभी से नीला पड़ चुका होगा। नीला हो गया है या नहीं?"

अबकी बार वह फिर हँसने लगा है, "वह तो काला-सा है। देखेगा? दिखाऊँ?"

और वह मेरा बाजू झटककर अँधेरी गली में से बाहर जाने लगता है। "चल हट, मुझे देर हो रही है। पागल कहीं का।...वीर्यपात के दिन गिनता है।" और वह साइकल पर चढ़कर गली पार करने लगता है।

मैं सड़क के किनारे-किनारे सिर झुकाए चला जा रहा हूँ। कुलदीप को भी वीर्यपात होता है। कहता था महीने-दो महीने में एकाध बार हो जाता है। पर वह परवाह नहीं करता, दिन नहीं गिनता। सहसा नाचनेवाली का चाँद-सा चेहरा मेरी आँखों के सामने घूमने लगता है। मैं सिर झटक देता हूँ। वह फिर आँखों के सामने आ जाता है। मैं बार-बार सिर झटक देता हूँ, जैसे घोड़े भिनभिनाती मक्खियों को हटाने के लिए निस्सहाय से बार-बार सिर झटकते रहते हैं। पर वह चेहरा फिर आँखों के सामने आ जाता है, कभी हँसता हुआ, कभी मुस्कराता हुआ इशारे करता है, कभी दर्शकों पर हँस-हँसकर चुंबन फेंकता हुआ। मेरा सिर फिर बोझल होने लगा है। पागलों की तरह सिर झटकता मैं घर की ओर चला जा रहा हूँ।

घोड़े के सिर पर लगी कलगी हवा में झूम रही है। ताँगा तेज रफ़्तार से स्टेशन से घर की ओर भागा जा रहा है। लाहौर के ताँगे, बोसीदा, सुस्त, लाहौर के घोड़े

सदियों से थके हुए, मेरे शहर का घोड़ा हवा से बातें करता हुआ जाता है। ताँगा इतना चौड़ा कि सीट पर टाँग फैलाकर बैठ जाओ, इतना संतुलित कि मीलों चले जाओ, एक भी धचका न लगे।

मैं वर्षों के बाद घर लौट रहा हूँ। तरसती आँखें झाँक-झाँककर अपने शहर की सड़कों-मकानों को देखे जा रही हैं। शहर बहुत-कुछ बदल गया है। रेल का पुल जो पहले भीमकाय नज़र आता था अब मामूली-सा नज़र आने लगा है। सड़कें भी मानो सिकुड़ गई हैं। अब वे कम लंबी, कम चौड़ी नज़र आती हैं। दोपहर की धूप वैसी ही धुली-धुली, खिली-खिली है जैसे पहले हुआ करती थी।

ताँगेवाला पुराना महल्लेदार है—मुर्तज़ा, वही जो इश्किया टप्पे गाया करता था और हम उसकी आवाज़ कान में पड़ते ही कान बंद कर लिया करते थे। अब मुर्तज़ा के लंबी-लंबी मूँछें हैं और सिर पर गाड़ीवान की ख़ाकी पगड़ी लगाए हुए है।

"अब हम तुम्हारे महल्ले में नहीं रहते।" वह कह रहा है, "हम अब कमेटी के महल्ले में चले गए हैं।"

सुनकर मेरे दिल को ठेस लगती है।

हम मोड़ काटकर महल्ले में पहुँचते हैं। महल्ला भी छोटा हो गया है।

गाड़ीवानों की कोठरियों की जगह जिनके सामने सदा चार-पाँच घोड़े बँधे रहते थे, एक ऊँचा मकान खड़ा है।

"गोरमंग अमज़द अली का है। इसने लाम में बहुत पैसा कमाया था। ऊँटों की भरती में। और ऊँटों पर ही नोटों के बोरे लादकर लाया था।" मुर्तज़ा कहता है।

"बाबा नूरा कहाँ है?"

"बाबा नूरा मर गया है।"

घोड़ों के नाल लगानेवाला बोस्तान, अपनी कोठरी के सामने खड़ा, बिजली की मशीन से एक घोड़े के बाल काट रहा है। मशीन की घर्र-घर्र की आवाज़ दूर तक सुनाई दे रही है। शहर की सड़कों पर बिजली के खंभे लग गए हैं।

मौलवी इसहाक घर में से निकला है और सड़क के बीचोंबीच जाने लगा है। ज़रूर मस्जिद में दिन की चौथी नमाज़ पढ़ने जा रहा होगा। अतरसिंह हलवाई की दुकान अब नहीं रही, अब वहाँ नीले रंग के छज्जेवाला दोमंज़िला मकान खड़ा है। वह विशालकाय शीशम का पेड़ भी काट दिया गया है जो

उसकी दुकान की बगल में खड़ा था।

माँ ने दरवाज़ा खोला है। मेरा दिल धक् से रह गया है। माँ के होंठ कैसे लग रहे हैं? माँ बूढ़ी हो गई है। उसका मुँह 'पोपला' हो रहा है। लगता है, उसके मुँह में एक भी दाँत नहीं। माँ ने होंठों को छिपाने की कोशिश नहीं की है।

''यह क्या हुआ माता जी?''

''मैंने दाँत निकलवा दिए हैं।''

पिता जी हमेशा की तरह दफ़्तर में बैठे एक उँगली से टाइपराइटर पर चिट्ठियाँ टाइप कर रहे हैं। उठकर मुझे छाती से लगा लेते हैं। उनके शरीर से बरसों की जानी-पहचानी महक अब भी आ रही है।

''इसे गर्म-गर्म दूध पिलाओ।'' वह मेरी पीठ सहलाते हुए माँ से कहते हैं, ''थककर आया है।''

पिता जी का सारा सिर सफ़ेद हो चुका है। पर उनकी मूँछों में गिने-चुने ही सफ़ेद बाल हैं। पिता जी बड़े सुंदर लग रहे हैं।

''भाई कहाँ है?'' मैं बेताबी से पूछता हूँ।

''अभी आता होगा। हमने बाज़ार में भी एक दफ़्तर किराए पर ले रखा है। तेरा भाई वहाँ बैठता है।''

मैं दफ़्तर में से निकलकर घर का चक्कर लगाने लगा हूँ। घर भी छोटा-छोटा लग रहा है। रसोईघर के सामनेवाले छप्पर का खंभा, जिसे पकड़कर हम दिन-भर झूलते रहते थे, अब मेरे सिर से थोड़ा-सा ही ऊँचा रह गया है। दीवार में लगी अलमारी पर अभी भी पीली खड़िया से खिंची लकीरें मौजूद हैं जो छोटी बहन ने अपने बचपन में खींची थीं, और अपना नाम भी लिखा था—विमला। अलमारी का ताक खुला है, मानो छोटी बहन जाने से पहले उसे बंद करना भूल गई हो। अँगीठी पर अभी भी लकड़ी के फ्रेमवाला शीशा रखा है, जिसमें मैं दिन में बीसियों बार अपना चेहरा देखा करता था कि चेहरे पर कोई रंगत आई है या नहीं। घर-भर में एक प्रकार की चुप्पी छाई है। लगता है सारे घर पर हल्की-सी धूल की परत पड़ गई है, कहीं कुछ बुढ़ा गया है।

पिछला घर खरीदकर इसे पुराने घर के साथ मिला लिया गया है। नए कमरों में एक कमरा किताबों से ठसाठस भरा है। इस कमरे में तीन आदमक़द अलमारियाँ दीवारों पर जड़ी हुई हैं और सभी में अंग्रेज़ी की किताबें भरी हैं। दो कमरों में कालीन बिछे हैं।

"तेरा भाई तबदीलियाँ करवाता रहता है। उसे शौक है, तेरे पिता जी को तो न पहले शौक था न अब है। वह तो दिन-भर टाइपराइटर के सिरहाने बैठे रहते हैं।" माँ कहती है। वह मेरे पीछे-पीछे चली आई है।

माँ का पिचका हुआ मुँह देखकर मेरा दिल जाने कैसा हो रहा है।

हम चलते हुए दफ़्तर में आ गए हैं।

"इसे गर्म-गर्म दूध पिला, थककर आया है।" पिता जी फिर माँ से कहते हैं।

"अभी नौकर लौटा नहीं है। मैं खुद गर्म कर देती हूँ।"

"तुलसी कहाँ मर गया है? तुलसी से कहो न, दूध गर्म कर दे।"

तुलसी का नाम सुनकर मैं हैरान रह जाता हूँ। माँ कह रही है, "देखो जी, मैं कितनी बार कह चुकी हूँ, तुलसी हमारा नौकर नहीं है, उससे क्यों काम करवाते हो?"

"तुलसी यहाँ पर है?" मैं हैरान होकर माँ से पूछता हूँ।

"हाँ, बेटा दर्जी का काम करता है, रात को यहीं पर सोता है। आज 'मियानी' में बैठा कपड़े सी रहा है। यह अभी भी उससे काम करवाते हैं, मैं कहती हूँ यह वाजब नहीं।"

"तूने उसे 'सिरे' चढ़ा रखा है। दूध का गिलास गर्म कर देगा तो उसके हाथ घिस जाएँगे? अव्वल तो इसके यहाँ रहने का मतलब ही क्या है, हमने कोई सराय खोल रखी है?"

"क्या वह औषधालय छोड़ आया है?" मैं पूछता हूँ।

"कब का! झगड़े इन लोगों के आपस में, पिस वह गया। उसके बाद बहुत पापड़ बेल चुका है, अपने गाँव में जाकर हक़ीमी भी कर चुका है।"

इस बीच पिता जी बराबर पहले की तरह खिड़की में से बाहर देखे जा रहे हैं। सहसा घूमकर कहते हैं, "अब उसे कह अपनी कोई जगह-ठिकाना देखे! चलता कर इसे यहाँ से।"

"दो दिन बैठने दो जी, बेरोज़गार आदमी है, जब काम मिलेगा अपने-आप चला जाएगा।" फिर माँ मेरी ओर घूमकर कहती है, "भला हो तेरे भाई का। उसने विद्या की पुरानी सिलाईवाली मशीन इसे उठाकर दे दी। मैं होती तो कभी इतना हौसला नहीं कर पाती। अब छोटे-मोटे कपड़े सी लेता है।"

"यह आदमी भी कुछ नहीं, निरी 'पाँ' है 'पाँ'।" पिता जी कहते हैं।

''इसका दिमाग मोटा है।'' फिर मेरी ओर बड़े स्नेह से देखकर कहते हैं, ''कुछ ख़ास तगड़े होकर तो तुम नहीं आए हो। वहाँ घर की रोटी तो नहीं मिलती न!'' मेरी ओर देखते-ही-देखते उनका चेहरा खिल उठता है।

''संस्कृत पढ़ते हो? संस्कृत ज़रूर पढ़ना। यों तो फ़ारसी भी बड़ी अच्छी ज़बान है। 'गुलिस्ताँ' और 'बोस्ताँ' बड़ी अच्छी किताबें हैं,'' फिर धीरे-धीरे कुछ गुनगुनाने के बाद कहते हैं, ''फ़ारसीवाले ने एक जगह कहा है, 'जो तुझे मिट्टी के ढेर में से मुट्ठी-भर मिट्टी उठाना हो तो भी किसी बड़े ढेर में से उठाना।' कैसा अच्छा कहा है।'' फिर खिड़की में से बाहर देखकर थोड़ी देर तक शेअर गुनगुनाते रहते हैं, फिर मुड़कर माँ से कहते हैं, ''इसे गर्म-गर्म दूध पिलाओ। थककर आया है।''

पिता जी और माता जी के बीच अब जल्दी झगड़ा हो जाता है। माँ की बात पिता जी काटते हैं तो माँ नाक सिकोड़कर मुँह फेर लेती है। पिता जी की बात माँ काटती है तो पिता जी गुर्राते हैं, सिर झटकते हैं और बड़बड़ाने लगते हैं।

''घर में चाय नहीं बनती?'' मैं पूछता हूँ, ''वहाँ तो हम चाय पीते हैं।''

''क्या ज़रूरत है चाय पीने की?'' पिता जी झिड़ककर कहते हैं, ''जवान लड़कों को चाय नहीं पीनी चाहिए। दूध पिलाओ इसे।''

''सभी घरों में बनती है जी, हमारे घर में बन गई तो क्या हुआ। तुम क्यों बात-बात पर टाँग अड़ाते हो?''

''अच्छी बात है, जो मन में आए कर।'' पिता जी सिर झटककर कहते हैं, ''मुझसे पूछती ही क्यों है?''

मैं माँ के साथ-साथ ऊपर चला जाता हूँ। माँ चूल्हे पर पानी चढ़ा देती है और चाय की पत्ती ढूँढ़ने लगती है। पुरानी जालीदार अलमारी में से मैं प्याले निकालने लगा हूँ। सफ़ेद प्यालों का एक पूरा सेट पड़ा है। यह भी भाई लाया होगा। वरना पहले तो घर में केवल नमूनों के प्याले पड़े रहते थे, एक-से-एक मेल नहीं खाता था।

माँ को चाय की पत्ती नहीं मिल रही है। माँ अँगीठी पर रखे सभी डिब्बों के पीछे झाँक-झाँककर देख चुकी है।

''इस घर में कभी कोई चीज़ मिलती ही नहीं।'' माँ पहले की तरह बड़बड़ाकर कहती है, पर माँ की आवाज थकी-सी है, शायद दाँत निकलवा देने से। माँ और भी ज्यादा मुटा गई है।

थोड़ी देर ढूँढ़ते रहने के बाद माँ जंगले पर आकर आवाज़ लगाती है, "बलदेव के पिता जी, सुदामा लौटा है या नहीं ?"

"नहीं, क्या बात है ?"

"चाय की पत्ती नहीं मिल रही है ! वह होता तो बाज़ार से ला देता ।"

"मैं ले आता हूँ माता जी, " मैं जंगले के पास जाकर कहता हूँ ।

पिता जी नीचे सहन में आ गए हैं । मुझे देखकर कहते हैं, "मैं देता हूँ चाय, नीचे आ, चाय का डिब्बा ले जा ।"

"जा, ले आ बेटा," माँ मुझसे कहती है, "अब तेरे पिता जी चाय का भी काम करने लगे हैं । अपने काबुल के व्यापारियों को चाय बेचते हैं ।"

मैं लपककर नीचे जाता हूँ । पिता जी मुझे एक चपटा-सा, सफ़ेद रंग का टीन का डिब्बा देते हैं, जैसा मैंने पहले कभी नहीं देखा, न अपने शहर में, न लाहौर में । मैं उसे लेकर ऊपर चला जाता हूँ और उसे खोलने के लिए बार-बार फ़र्श पर पटकता हूँ ।

खौलते पानी में पत्ती डाल दी गई है, पर रंग नहीं चढ़ा । और ज़्यादा पत्ती डाली गई है, फिर भी रंग नहीं चढ़ा ।

"सुनते हो जी, बलदेव के पिता जी," माँ जंगले पर जाकर कहती है, "यह कैसी चाय तुमने भेजी है, रंग ही नहीं चढ़ता ।"

नीचे से आवाज़ आती है, "शंघाई की चाय है । सबसे बढ़िया क़िस्म की चाय है । इस जैसी चाय तो बाज़ार में कहीं मिलती ही नहीं ।"

"मगर रंग क्यों नहीं चढ़ता ?"

"चढ़ता है, चढ़ता क्यों नहीं ?"

"आओ देख लो, मैं मुट्ठी-भर पत्ती डाल चुकी हूँ, फिर भी रंग नहीं चढ़ता ।"

"चढ़ता क्यों नहीं ? मैं आता हूँ ।"

सीढ़ियों पर पिता जी के बोझल क़दमों की आवाज़ आने लगी है । अब वह धीरे-धीरे सीढ़ियाँ चढ़ते हैं ।

"ला, इधर दिखा तो ।" और पिता जी खौलते पानी के पतीले को देखते रहते हैं, फिर उसमें पत्ती डालकर माँ से कहते हैं कि उसे आग पर चढ़ा दे ।

"इस तरह कड़वी हो जाती है जी, इस तरह भी कोई चाय बनाता है ।"

"यह चाय मैं नहीं पिऊँगा," पानी के हलके-पीले रंग को देखकर मैं कहता

हूँ। "यह कोई चाय है, रंग ही नहीं चढ़ता।"

"तुम्हें चाय से मतलब है कि रंग से ? इतनी बढ़िया चाय है, शंघाई की चाय है।"

"मैं नहीं पिऊँगा।"

"जवान लड़कों को चाय पीना भी नहीं चाहिए।" पिता जी धीमी आवाज़ में कहते हैं।

घर का नया नौकर... सुदामा... सीढ़ियाँ चढ़कर आया है। बड़ी उम्र का दुबला-पतला आदमी है, मुँह पर कई दिनों की दाढ़ी, एक पैर पूरब की ओर दूसरा पैर पश्चिम की ओर उठाता हुआ आगे बढ़ रहा है। पागलख़ाने से भागा हुआ आदमी नज़र आता है।

सुदामा आते ही चाय की कुछेक पत्तियाँ मुँह में डालता है, और पत्तियों को मुँह में चबाता हुआ, आँखों को गोल-गोल घुमाता है। फिर खौलते पानी में झाँककर देखता है।

"हरी पत्ती है जी, हरी पत्तीवाली चाय है। यह हम लोग नहीं पीते। यह पठान लोग पीते हैं।"

"तुम लोग पी लोगे तो तुम्हारा क्या बिगड़ जाएगा ?" पिता जी बिगड़कर कहते हैं।

"मैं तो यह चाय नहीं पिऊँगा।" मैं धीरे-से कहता हूँ।

"नहीं पियोगे तो मत पियो। लाओ इधर दो चाय का डिब्बा। तुम लोग इस लायक ही नहीं हो कि तुम्हें बढ़िया चाय पीने को दी जाए।"

और पिता जी चाय का डिब्बा उठाकर सीढ़ियाँ उतरने लगे हैं।

सुदामा चाय की पत्ती लाने बाज़ार चला गया है। मैं पिता जी के दफ़्तर में आकर फिर बैठ गया हूँ। पिता जी की पीठ कुछ-कुछ झुकने लगी है। टाइपराइटर पर अक्षरों को देख पाने के लिए भी वह ज़्यादा झुककर उन्हें देखते हैं।

मेरी नज़र घूमकर दरवाज़े की ओर जाती है। दहलीज़ पर तुलसी खड़ा है। दरवाज़े की चौखट के साथ लगकर खड़ा मेरी ओर देखे जा रहा है। मुझे पहचानने में क्षण-भर की देर लगी है। मेरे देखने पर उसने हाथ जोड़ दिए हैं, छोटे-छोटे दाँतों पर उसके लाल-लाल मसूड़े चमक उठे हैं।

"तुलसी !" मैं उठकर उसके पास जाता हूँ। वह झुक-झुककर मेरे घुटने छू

रहा है।

"यह क्या कर रहे हो?" मैं उसके हाथ हटा देता हूँ। तुलसी के हाथ फिर से जुड़ गए हैं। मेरा क़द तुलसी से बहुत लंबा हो गया है। वह पहले-जैसा ही ठिगना का ठिगना है। उसकी आँखें भी अंदर की ओर धँस गई हैं, और चेहरे की लगभग सारी चमक जाती रही है। उसकी दाढ़ी बढ़ी हुई है। तुलसी वर्षों पहले की तरह, दरवाज़े की चौखट के साथ कंधा लगाए खड़ा है।

मैं देखता हूँ कि हमारे बीच कहने को कुछ भी नहीं है। हम दोनों को झेंप हो रही है। हम सहन में एक ओर को चले जाते हैं।

"राज़ी हो?" वह हाथ जोड़े यों झाँककर मेरी ओर देखता है मानो उसकी नज़र कमज़ोर हो गई हो।

"भौजाई हमारी अच्छी है? यहाँ पर है या गाँव में?" मैं पूछता हूँ।

वह क्षण-भर के लिए चुप रहता है, "देवकी मर गई है जी। प्रसूत में मर गई थी। दूसरा बच्चा हुआ तो मर गई।" तुलसी अभी भी मेरी ओर अपनी धँसी आँखों से देखे जा रहा है। उसकी ठुड्डी काँपने लगी है। वह पगड़ी के पल्ले से आँखें पोंछता है। मैं उसके कंधे पर हाथ रख देता हूँ। वह फफक-फफककर रो उठता है। मेरी ज़बान को जैसे लकवा मार गया है। मुँह में से एक शब्द भी नहीं निकल पाता।

"बच्चे कहाँ हैं?" अंत में मैं धीरे-से पूछता हूँ।

"दोनों गाँव में हैं। भाई के पास हैं, अमीचंद के पास हैं।"

फिर पल्ले से आँखें पोंछकर बड़े स्नेह से मेरी ओर देखता है।

"लड़का तो अब रोठा हो गया है, सात साल का है, लड़की छोटी है।"

"नाम क्या रखे हैं?"

वह तनिक मुस्कराता है, "लड़के का नाम वेद है, लड़की का शांति!" तुलसी ने संस्कारानुसार आर्यसमाजी नाम रखे हैं।

"माता जी बता रही थीं अब तुम दर्ज़ी का काम करते हो?"

"जी, औषधालयवालों ने जवाब दे दिया तो वैद्य सीताराम के पास मैंने कुछ देर काम किया मगर वहाँ केवल दवाइयाँ कूटने का काम था। ज़्यादा काम तो था ही नहीं। और वह पढ़ाते नहीं थे।"

"दर्ज़ी का काम अच्छा है?"

तुलसी चुप है। "मैं अब कमीज़-पाजामा तो सी लेता हूँ। बलदेव जी ने एक

दुकान के चबूतरे पर बैठने की जगह ले दी है। पर मैंने सीखा तो नहीं न।" फिर मेरे कान के पास मुँह ले जाकर फुसफुसाकर कहता है, "पिता जी से अगर कुछ मैं कहूँ तो नाराज़ हो जाते हैं, आप उनसे कहिए कि मुझे अपने बैंक में चपरासी लगवा दें। वह कर तो देंगे, पर आपके कहने पर जल्दी कर देंगे।" तुलसी ने इतनी आत्मीयता से कहा मानो वह घर ही का आदमी हो और पिता जी से अपनी बात मनवाना जानता हो।

"चल आ तुलसी, अब आ जा एक मिनट में।" पिता जी की आवाज़ है, "यह पकड़ चिट्ठियाँ, भागकर सीधा शहर के डाकखाने में ले जा। अगर वहाँ से डाक निकल गई हो तो मुँह उठाकर घर नहीं लौट आना, सीधे स्टेशन पर चले जाना। ले, पकड़।"

तुलसी चिट्ठियाँ लेकर, पैरों में जूते पहन, पहले की तरह भागकर निकल गया है।

गली में किसी के ऊँचा-ऊँचा बोलने की आवाज़ आने लगी है। आवाज़ जानी-पहचानी है, कोई दो आदमी झगड़ रहे हैं।

"छोड़ दो इसे, तुम बाप हो कि कसाई हो।"

यह तो भाई की आवाज़ है। मैं भागकर दफ़्तर की खिड़की के पास जा पहुँचता हूँ। गली में भाई नज़र आ रहा है, लेकिन उसकी आवाज़ पहले से भी ज्यादा ऊँची उठ गई है।

"मुझे क्या है बेटा तुम्हारा है, और बड़ा होकर तुम्हारा मुँह भी देखना नहीं चाहेगा।"

पिता जी दफ़्तर के बीचोंबीच आकर खड़े हो गए हैं। माँ घबराई हुई नीचे आ गई है।

"जैसा बाप वैसा बेटा। न जाने किससे उलझ रहा है।"

मैं भागकर घर में से निकल जाता हूँ और गली में जा पहुँचता हूँ। भाई ने एक छोटे-से लड़के को अपनी बाँहों में सँभाल रखा है, उसके सामने छोटी-सी दाढ़ीवाला एक आदमी, जो सिर पर टोपी पहने है, भाई को घूरे जा रहा है।

सामनेवाले घर से मौलवी इसहाक का बेटा और उसका चच्चाज़ाद भाई निकल आए हैं।

"ठीक कहता है बाबू, क्यों मासूम बच्चे को पीट रहे हो?"

दाढ़ीवाला पहले हत्बुद्धि-सा भाई को घूरता रहता है फिर धीरे-से अपने

बच्चे का हाथ पकड़कर उसे भाई से ले लेता है, "नहीं पीटूँगा यार, मगर हरामी कुछ पढ़े भी।"

और बच्चे को अपने साथ-साथ चलाता हुआ गली लाँघने लगा है।

मैं भाई से बग़लगीर होता हूँ। भाई ने मूँछें मुड़ा दी हैं, कोट-पतलून पहने हुए है।

"ख़त क्यों नहीं लिखा? मैं स्टेशन पर आता।"

भाई का उत्साह पहले की तरह छलक रहा है। घर के अंदर क़दम रखते ही, वह मेरी कमर में हाथ डालकर कहता है, "हमने अबनाशी राम की मूँछें उखाड़ दी हैं। ऐसी शिकस्त दी है कि याद रखेगा।"

"अबनाशी राम कौन है?"

कॉलिज प्रबंध समिति में दो पार्टियाँ हैं। एक का मुखिया अबनाशी राम है। हाल ही में यहाँ कोई चुनाव हुआ है। भाई उस चुनाव की चर्चा कर रहा है।

"कल ही चुनाव होकर हटा है। चुनाव से पहले जितने लोगों का चंदा नहीं पहुँचा था, हमने चुपके-से घर-घर जाकर चंदा इकट्ठा कर लिया और चुनाव में सब पहुँच गए। अबनाशी राम की शक्ल देखनेवाली थी।"

मैं पुराने दोस्तों के बारे में पूछना चाहता हूँ।

"रमेश कैसा है?"

"मज़े में है। मैंने उसकी सगाई तुड़वा दी है।"

"क्या उसकी सगाई हो गई थी?"

"यार, एक जगह ज़बरदस्ती उसकी सगाई कर रहे थे। उसका चाचा किसी घर में वचन दे आया था। रमेश वहाँ शादी नहीं करना चाहता था मगर मुँह से बोल नहीं सकता था।"

"तुमने क्या किया?"

"इनकी बिरादरी का एक आदमी है जो इस काम में कर्ता-धर्ता था। तुम उसे जानते होगे, मंसाराम, राजा बाज़ार में किरयाने की दुकान करता था। मैंने एक गुमनाम चिट्ठी उसके नाम लिख दी कि यह शादी नहीं होनी चाहिए, क्योंकि लड़का नपुंसक है, क्यों लड़की की ज़िंदगी बरबाद कर रहे हो?"

"फिर?" मैं हँसकर पूछता हूँ।

"मगर यार, उसे पता चल गया कि किसने चिट्ठी लिखी है। मैंने चिट्ठी मुंशी के हाथ भेजी थी, उसे उसने पहचान लिया और दूसरे दिन वह पिता जी से

शिकायत करने आ गया। बड़ा बौखलाया, मगर हम डट गए। अब वहाँ उसकी शादी नहीं होगी। रमेश बड़ा खुश है।"

भाई की बातें सुनते हुए यह सोया हुआ शहर मेरी नज़रों में फिर से जाग उठा है, सजीव और रोचक होने लगा है। इसकी अँधेरी, शांत गलियों में ज़िंदगी की लहर-सी दौड़ने लगी है।

"थके हो तो आराम करो। सुबह मैं तुम्हें एक तालाब पर ले चलूँगा। वहाँ तैरेंगे।"

"यहाँ तो कोई तालाब नहीं। यहाँ कौन-सा तालाब है?"

"हमने एक ढूँढ़ निकाला है। तपोवन से लगभग दो मील आगे चले जाओ तो नाले का पानी बड़ा साफ मिलता है। वहीं पर एक जगह नाले के आर-पार एक सूखा पेड़ गिरा पड़ा है, उससे पानी गहरा हो गया है और किनारा खूब ऊँचा है। रमेश तो उसमें नाक पकड़कर खूब छलाँगें लगाता है। वह 'ड्राइव' करना नहीं जानता। सीधी छलाँग लगाता है। तुम्हें खूब मज़ा आएगा।"

"रमेश भी चलेगा?"

"नहीं, उसके पैर में चोट आई है।"

भाई को कोई घटना याद हो आई, "एक बड़ी अजीब बात हुई।" वह तनिक शरमाकर कहता है, "एक दिन रमेश और मैं, तालाब से थोड़ी दूरी पर साथ-साथ खड़े थे। अलफ़ नंगे थे। हम वहाँ नंगे नहाते हैं क्योंकि कोई आस-पास नहीं होता। इतने में पीछे कहीं से एक मेम घूमती हुई आ गई। जाने वहाँ कैसे पहुँच गई। हम दोनों भागकर पानी में कूद गए, पर रमेश के पैर में चोट आ गई।"

"तुम्हें व्यापार पसंद है?" मैं भाई से पूछता हूँ।

"नहीं, मैं व्यापार नहीं करूँगा। मगर आजकल हम 'हरक' का लट्ठा चलाने की कोशिश कर रहे हैं।"

बात मेरी समझ में नहीं आई। मेरी उलझन को देखकर भाई समझाने लगता है, "देखो लट्ठा जानते हो न, जिसकी सलवारें और पाजामे बनते हैं। यह लट्ठा बहुत बिकता है। तुमने 'चाभी' मारका लट्ठा और '57' मारका लट्ठा, नाम तो सुने होंगे? ये चालू सिक्के हैं। चाननशाह बजाज के पास '57' के लट्ठे की एजेंसी है।" भाई सुनाए जा रहा है। "हमारे पास 'हरक' के लट्ठे की एजेंसी है।"

"हरक क्या ?"

" 'हरक' मारका है। नाम है। जानते हो, मैंने क्या किया ? मैंने रमेश को दो-चार दुकानों पर भेज दिया। वह एक दुकान पर जाए और पूछे, 'आपके पास हरक का लट्ठा है ?' फ़िर दूसरी दुकान पर जाकर पूछे, 'आपके पास हरक का लट्ठा है ?' दो-चार रोज बाद मैंने कुछ और दोस्तों को पकड़ा और उन्हें भी भेज दिया। दुकानदारों को इस लट्ठे का नाम तो पता चल गया है। पर यार, आर्डर अभी भी नहीं देते। पर उम्मीद है, धीरे-धीरे आर्डर मिलने लगेंगे।"

"तुलसी घर में रहता है ?"

"हाँ तो, तुमसे मिला नहीं ?"

"मिला है।"

"यार, यह कपड़े सीने नहीं जानता। कल इसे किसी ने बाज़ार में पीट दिया। यह वैसे ही कपड़े सीता है, जैसे माता जी सिया करती थीं। बस, किसी ने पकड़कर पीट दिया।··· अच्छा तुम सुनाओ, खूब हाकी खेलते हो ? तुम्हारे पर्चे कैसे हुए हैं ? सुनो ! चलो, कोहमरी चलें, साइकलों पर। तुम और मैं। बड़ा मज़ा रहेगा।"

"वह तो चालीस मील दूर है, और पहाड़ पर है।"

"यार, कुछ भी नहीं। यहाँ से छत्तर तक साइकलों पर चलेंगे, वहाँ से किसी लारी में बैठ जाएँगे, और लौटते हुए साइकलों पर आएँगे। चलो चलें, बड़ा मज़ा रहेगा। घर में एक साइकल है, दूसरी रमेश की उठा लाते हैं। चलो, अभी ले आते हैं, अभी देर भी नहीं हुई है। अच्छा तुम बैठो, मैं ले आता हूँ···।"

और भाई रमेश की साइकल लाने घर से निकल गया है···

ज़िंदगी की असल दौड़ कहाँ से शुरू होती है, कौन-सा मोड़ काटो तो लड़कपन पीछे छूट जाता है और जवानी शुरू हो जाती है ? कौन कह सकता है कि इस मोड़ के पीछे जो कुछ था वह धूमिल और अस्पष्ट था, महत्त्वहीन था, पर जो कुछ आगे होगा वह बिलकुल साफ़ होगा, महत्त्वपूर्ण होगा ? क्या बचपन में धूल उड़ती रहती है तो जवानी में नहीं उड़ती, और क्या वह मृत्युपर्यंत नहीं उड़ती रहती ?

मैं व्यापार के धंधे में खपने लगा हूँ।

क्रमहीन से चित्र आँखों के सामने उभरने लगे हैं। मैं एक क्लर्क के साथ बैंक में बैठा हूँ। क्लर्क मुझे बता रहा है कि कैश-बुक कैसे रखी जाती है। गोरे रंग का युवक है, मुझसे छोटा है, पर बड़ी फुर्ती से काम करता है। चपरासी डी.ओ. दे जाता है और वह मिनटों में कैश-बुक में चढ़ा लेता है। कागज़ मिलने के कुछेक क्षण बाद ही उस पर लाल लकीर फिर जाती है। मैं कुछ भी नहीं समझ पा रहा हूँ। "बैंक का काम ज़रूर सीख लो, इससे तुम्हें व्यापार में भी लाभ होगा," पिता जी कहते हैं। क्लर्क मेरे साथ आदर से पेश आ रहा है क्योंकि मैं यहाँ पर मुलाज़िम नहीं हूँ।

पीछे से किसी की आवाज़ सुनाई देती है, "मैं झूठ नहीं बोलता। मैं कभी झूठ नहीं बोलता।"

आवाज़ पहचानी है, खरज और गहरी। मैं तनिक घूमकर देखता हूँ, तुलसी है। पर मैं फिर से सीधा बैठ जाता हूँ। मैं जानता हूँ वह यहाँ काम करता है, पर यह नहीं चाहता कि वह मुझे देख पाए।

"आप मुझ पर झूठा दोष लगाते हो, बाबू जी, मैं कभी झूठ नहीं बोलता।"

आवाज़ पहले से ज़्यादा ऊँची है, ज़्यादा भर्राई हुई है। मन चाहता है तुलसी की ओर घूम जाऊँ, पूछूँ क्या बात है, लेकिन मैं मेज़ पर सिर झुकाए ज्यों-का-त्यों बैठा रहता हूँ, मगर कान उसी ओर लगे हैं।

"अरे तुलसीराम!" किसी क्लर्क की आवाज़ है, फिर कुर्सी घसीटने की आवाज़ आती है, फ़र्श पर जल्दी-जल्दी चलने की आवाज़ सुनाई देती है।

"यह क्या कर रहे हो? रोको यार इसे, यह कैसा आदमी पल्ले पड़ा है।"

मुझसे नहीं रहा जाता। मैं सिर घुमाकर पीछे देखता हूँ। तुलसी की पीठ मेरी ओर है, वह मुझे नहीं देख सकता। तुलसीराम का मुँह टेढ़ा होकर अपने बाज़ू पर झुका हुआ है। यह मुद्रा भी अपरिचित नहीं। वर्षों पहले देखी थी। मेरा रोम-रोम काँप उठता है। तुलसीराम ने आस्तीन उठाकर बाज़ू में अपने दाँत गाड़ रखे हैं। क्लर्क जो कुर्सी पर से अभी-अभी उठकर गया है, उसे छुड़ाने की कोशिश कर रहा है, मगर तुलसी अपना बाज़ू नहीं छोड़ता। तुलसी की आँखों पर चश्मा है, जिसे एक ओर से धागे के साथ कान के इर्द-गिर्द बाँधा गया है।

"बाज़ू काट खाएगा यार, इसे छुड़ाओ। जाओ मैनेजर साहिब को बुला लाओ।"

"तुलसी छोड़ दे, छोड़ दे तुलसी, मैंने तुम्हें कुछ नहीं कहा।"

तुलसी बाजू छोड़ देता है। उसके होंठों पर खून लगा है। चेहरा तमतमा रहा है। तुलसी मेरी ओर नहीं देखता, वह किसी ओर भी नहीं देख रहा है, और सिसकियाँ दबाता बाहर ख़जांची के कटहरे के पास चला गया है और ज़मीन पर बैठ घुटनों में सिर दबाए रोने लगा है। पसीने से तर ख़ाकी कमीज़ में उसके कंधे बार-बार हिल रहे हैं। मैं अभी भी मेज़ के साथ जुड़ा बैठा हूँ। नहीं, मुझे तुलसी के पास नहीं जाना चाहिए, उसे झेंप होगी, वह परेशान होगा, हीन महसूस करेगा।

मेरे पीछे बैठे क्लर्क हँस रहे हैं।

"मैंने इसे कुछ नहीं कहा। बस इतना पूछा, तुम आसामी को बिल्टी दिखाने गए भी थे या नहीं? और इसके बाज़ू में दाँत गाड़ दिए।"

"पागल है यार!"

धीरे-धीरे वार्त्तालाप मंद पड़ता जाता है और क्लर्की की क़लमों के चलने की आवाज़ आने लगती है। तुलसी अभी भी ख़जांची के कटहरे के नीचे एक ओर को, घुटनों में सिर दबाए बैठा है।

"तुलसी! ओ तुलसी!!" कहीं से आवाज़ आई है। मैं सिर ऊपर उठाकर देखता हूँ।

"तुलसी उठ, एक गिलास पानी ले आ।"

ख़जांची अपने कटहरे में से आगे की ओर झुककर तुलसी से कह रहा है।

तुलसी सिर उठाता है।

"उठ, एक गिलास पानी ले आ।" वह फिर कहता है। "यह थूथना क्यों सूजा हुआ है तेरा? क्या बात हुई है? ज़रा हाथ हिलाया कर, चुस्ती से काम किया कर!"

तुलसी चुपचाप उठकर सामने दीवार के साथ रखे तीन घड़ों की ओर बढ़ता है।

"गिलास अच्छी तरह से धो लेना।" ख़जांची फिर पुकारकर कहता है और अपने रजिस्टर पर झुक जाता है।

तुलसी पानी का गिलास उठाए ख़जांची की ओर जा रहा है। मैं फिर सिर झुका लेता हूँ और अपना बाज़ू मुँह के आगे कर लेता हूँ ताकि तुलसी मुझे पहचान नहीं पाए।...

रसोईघर के बाहर, घर का छोटा-सा परिवार खाना खाकर मेज़ पर से उठ गया है । अब हम लोग मेज़ पर खाना खाते हैं, रसोईघर में खाना नहीं खाते । इन दिनों विद्या बहन अपने दो बच्चों के साथ घर में आई हुई है । वह कुछ दिन यहाँ रहेगी । उसका लड़का पाँच बरस का हो चला है, किलकारियाँ भरता कभी मेज़ के इर्द-गिर्द भागता है और कहता है, मुझे पकड़ लो, मुझे पकड़ लो । कभी इस मेज़ के नीचे बैठ जाता है और कहता है 'मुझे ढूँढ़ लो, मैं कहाँ हूँ ?' पिता जी ने उसके लिए उन्हीं पंडित जी को रख दिया है जो हमें हिंदी-संस्कृत पढ़ाया करते थे । अकेले में पिता जी उसे गायत्री मंत्र याद कराते रहते हैं ।

पर इन दिनों घर में तनाव है । घर का वातावरण बहुत दिनों से बोझल बना हुआ है । मैं मन-ही-मन घबरा रहा हूँ, जाने क्या होगा, जाने क्या होगा । रसोईघर के बाहर माँ बहन के साथ धीमे-धीमे बातें कर रही है । यह 'घुर-घुर' भी घर में बहुत दिनों से चल रही है । कभी माँ और पिता जी निराले में बैठे धीरे-धीरे बातें करते रहते हैं, कभी माँ और भाई, कभी भाई और पिता जी ।

भाई और पिता जी सीधे 'सुफ़े' में चले गए हैं । उनके बीच फिर बहस होने लगी है । कितने दिनों से पिता जी कभी कोई दलील देकर तो कभी कोई दलील देकर भाई को समझाने की कोशिश कर रहे हैं, पर वह मानता नहीं । झगड़ा एक ही बात पर है । भाई व्यापार छोड़कर, घर से बाहर किसी दूसरे शहर में जाना चाहता है, पिता जी उसे रोके रखना चाहते हैं ।

पिता जी मुझे बुलाते हैं, "जा तो, नीचे से काले रंग का बड़ा लेजर उठा ला ।" वह कहते हैं ।

"मैं जानता हूँ, पिता जी, उसमें क्या लिखा है, मुझसे भूला कुछ भी नहीं है ।" भाई बिगड़कर कहता है ।

मैं लेजर उठा लाया हूँ ।

पिता जी लेजर खोलकर मुझसे कहते हैं, "यह पढ़ क्या लिखा है ?"

"मुझे मालूम है पिता जी, इससे कोई फ़र्क नहीं पड़ता ।" भाई मुँह फेरकर कहता है ।

मैं लेजर के पीछे खड़ा हो उसे पढ़ता हूँ । पिता जी की उँगली एक-एक पंक्ति के नीचे चलती जाती है ।

"हैरीसन एंड क्रासफ़ील्ड, मार्च, 1550 रुपए, अप्रैल 2100 रुपए, मई 600 रुपए, जून 1100 रुपए ..."

"यह केवल एक फ़र्म की कमीशन है ।" पिता जी कहते हैं और लेजर का दूसरा पन्ना खोलते हैं । मैं पढ़ता हूँ, "जेकब बेरन्स एंड संस–अप्रैल, 401 रुपए, मई 130 रुपए ..."

"इसका कोई लाभ नहीं, पिता जी, मुझे सब मालूम है ।" भाई बीच में ही बोल उठता है ।

"व्यापार का भी कोई अंत होता है ? कपड़े और चाय का व्यापार नहीं करना चाहते तो किसी दूसरी चीज़ का कर लो । बाजार में मेरी तीस साल की 'साख' है, मैं जगह-जगह चिट्ठियाँ लिखकर तुम्हें और एजेंसियाँ ले दूँगा, तू घबराता क्यों है ?"

"मैं घबराता नहीं हूँ । मेरा मन व्यापार में नहीं है, मैं व्यापार नहीं करूँगा ।"

"तुझे एतराज क्या है ?" पिता जी हँसकर पूछते हैं ।

पिता जी अपने तर्क कभी दुलार से, कभी खीझ कर, कभी तरह-तरह के वास्ते डालकर पेश करते हैं ।

"मुझे एतराज़ कोई नहीं, पर मैं व्यापार नहीं करूँगा ।"

"अगर यहाँ नहीं करना चाहता तो किसी दूसरे शहर में दफ़्तर खोल ले ।"

भाई चुपचाप सिर हिला देता है ।

"व्यापार में जितने हाथ फैलाओ, फैल सकते हैं । मैं तो अकेला था, ग़रीब था, मेरी तो मदद करनेवाला कोई नहीं था, तुम्हें किस बात की कमी है ?"

बात धीरे-धीरे बढ़ जाएगी, मैं जानता हूँ । ये दोनों क्यों एक ही बात की रट लगाए हुए हैं ?

"एक हैं जो माँओं को तरसते हैं, दूसरे हैं, जो सौतेलियों को तरसते हैं ।" पिता जी कहते हैं । पिता जी के इस वाक्य का अर्थ मैं कभी भी पूरी तरह से नहीं समझ पाया हूँ, पर वह इसे बार-बार दोहराते हैं ।

"सोच-समझकर ज़िंदगी में क़दम रखना चाहिए । मैं तेरी भलाई के लिए कहता हूँ । बाहर जाकर दर-दर की ठोकरें खाने में तुझे क्या मिलेगा ? मैं बहुत ठोकरें खा चुका हूँ । दाना आदमी वह है जो दूसरों के तजरबे से कुछ सीखता है ।"

"मैं व्यापार नहीं करूँगा, मैं बाहर जाऊँगा ।"

"बाहर जाकर करेगा क्या, कुछ बता भी तो सही ?"

"मुझे खुद मालूम नहीं क्या करूँगा । मैं यहाँ नहीं रहूँगा ।"

"क्यों खुद भी 'ख़्वार' होता है और मुझे भी 'ख़्वार' करता है ? कुछ सोच-समझकर बात करनी चाहिए ।" पिता जी खीझने लगे हैं ।

भाई टस से मस नहीं हो रहा है । सहसा पिता जी व्याकुल हो उठे हैं और सिर पर से पगड़ी उतारकर अपना सफ़ेद सिर भाई के आगे झुका देते हैं, "कुछ इन सफ़ेद बालों का तो ख़याल कर । मैं अब बूढ़ा हो चला हूँ । और कितने दिन काम करूँगा ? कुछ मुझ पर भी तरस खा ।"

मेरा दिल धक् से रह जाता है और भाई की ढिठाई पर गुस्सा आने लगता है । मैं आँख उठाकर भाई की ओर देखता हूँ । भाई अविचल बैठा है ।

"सभी को एक दिन बूढ़ा होना है, पिता जी, मैं भी एक दिन बूढ़ा हो जाऊँगा ।"

मैं भाई को हृदयहीन मानने लगा हूँ । क्या सचमुच उसके दिल में तरस नहीं है ?

"मैं घर से भाग नहीं रहा हूँ, पिता जी । मैं केवल व्यापार छोड़ रहा हूँ । मैं कोई दूसरा काम करूँगा । आपने भी तो नौकरी छोड़कर व्यापार किया था ।"

"मेरी तौफ़ीक ही क्या थी ? मैं तो पच्चीस रुपए महीना तनख़्वाह पाता था, क्लर्की करता था ।"

फिर पिता जी अपने दोनों हाथ भाई के सामने कर देते हैं । पिता जी के दोनों हाथों में ऐक्ज़ीमा फूट निकला है, जो कुछ बरसों से उन्हें परेशान कर रहा है ।

"तेरे दिल में दर्द मर गया है ? तू यह भी नहीं देख सकता ?" पिता जी कहते हैं । उनकी आवाज़ भर्रा आई है ।

माँ कमरे में आई है, "देखो जी, जो बच्चे की प्रारब्ध में लिखा है, इसे मिल जाएगा । तुम इसे क्यों रोकते हो ? पंछियों के बच्चों के जब पंख निकल आते हैं तो क्या वे घोंसलों में बने रहते हैं ? वे 'उडारी' मारकर निकल जाते हैं ।"

पिता जी बीच में बोल उठते हैं, "तू क्यों बीच में बोलने आ गई है ?"

"देखो जी, मैं बेवकूफ़, अनपढ़, आप लोग दाना, सियाने, अक्लमंद । पर सीधी-सी बात है । बच्चा व्यापार करना नहीं चाहता तो तुम ज़बरदस्ती क्यों करते हो ? तुमने अपना फ़र्ज़ निभा दिया है । इन्हें अच्छा पढ़ा दिया है, अपने पैरों पर खड़ा होने लायक बना दिया है । अब जो आगे इनकी क़िस्मत ।"

पिता जी बड़बड़ाकर फ़र्श की ओर देखने लगते हैं, माँ बोलती जा रही है,

"अब यह जाने और इसका काम । बनाए-बिगाड़े, हम कौन हैं बीच में बोलनेवाले । ख्वाह-म-ख्वाह अपना भी मन कल्पाते हो और बनता-बनाना भी कुछ नहीं ।"

"मैं पिसता रहूँ उम्र-भर ?" पिता जी सहसा ऊँची आवाज़ में कहते हैं । "मेरे से अब काम नहीं होता । नहीं करना तो न करे । बना-बनाया काम ठप्प हो जाएगा, मेरी बला से ।"

"अब क्यों व्याकुल होते हो जी, इसमें लाभ क्या है ? बच्चा जाएगा, वह तुम्हारे रोके नहीं रुकेगा । इसे हँसी-खुशी भेजो । मैं कितना चाहती हूँ इस घर में सब काम सहज-सुभीते से हुआ करे । छोटा-सा परिवार है, दो तो ले-दे कर बेटे हैं, पर नहीं ।" और सहसा माँ की आँखें भर आती हैं और वह पल्ले से आँखें पोंछने लगती है । पहले माँ कभी नहीं रोती थी, अब बहुत जल्दी उसकी आँखें डबडबा आती हैं । ऐसे मौकों पर उसे ज़रूर अपनी बेटियाँ याद आ जाती हैं, जो एक-एक करके चली गई थीं, पर माँ उनका नाम मुँह पर नहीं लाती...

नीचे किताबोंवाले कमरे में भाई और मैं कालीन पर अधलेटे से बैठे हैं । भाई ने कागज़ पर लिखा है, "जो माल विलायत से आता है उस पर जहाज़ का भाड़ा, बीमा आदि सभी खर्चे मिलाकर निर्ख दिया जाता है । उसे सी. आई. एफ और सी. आई. कहते हैं । पर फ़र्ज़ किया माल बंबई में पड़ा है । तुम वहाँ से उसे खरीद करते हो । बेचनेवाला उसका निर्ख एफ. ओ. आर. बंबई कोट करेगा, मतलब कि बंबई में रेल तक माल वह पहुँचाएगा, आगे का रेल-ख़र्चा और अन्य खर्चे तुम दोगे..."

भाई मुझे व्यापार के नियम समझा रहा है । आज रात भाई लाहौर चला जाएगा । भाई वहाँ क्या करेगा, उसके मन में कुछ भी साफ़ नहीं है । पिता जी मुझसे कितनी बार अलग बुलाकर पूछ चुके हैं कि भाई से पूछ, लाहौर में जाकर क्या करेगा, लेकिन मैं कुछ भी नहीं बता पाता । वह अखबार निकालने की भी बात करता है, नाटक खेलने की भी, कहानियाँ लिखने की भी, तरह-तरह की बातें उसे सूझती रहती हैं ।

आँगन में से पिता जी की आवाज़ आ रही है । आज वह बार-बार दफ़्तर में से उठकर माँ को बुला रहे हैं, "बलदेव की माँ, कुछ 'पिन्नियाँ' बनाकर इसे साथ में दे दे ।"

वेद बड़ी फुर्ती से माता जी के पाँव छू देता है । माता जी हँस देती हैं ।

''बाप से ज्यादा फुर्तीला है । जीता रहे ।''

पिता जी फिर एक चिट्ठी उठाए दफ़्तर के बाहर आ गए हैं और भाई को पुकार रहे हैं, ''सब सामान सँभाल लिया है न, बलदेव ? यह एक चिट्ठी रख ले । लाहौर के आर्यसमाज के प्रधान के नाम है । उनसे ज़रूर मिल लेना । वह तुम्हारी हर तरह से मदद करते रहेंगे ।''

और फिर दफ़्तर में चले गए हैं ।

''बलदेव जी कहाँ जा रहे हैं ?'' तुलसी मुझसे धीरे-से पूछता है ।

''लाहौर जा रहा है ।''

तुलसी के चेहरे पर कोई भाव नहीं आया । वह सिर हिलाकर मेरे कोट के बटन को निष्प्रयोजन ही छूते हुए कहता है, ''वेद को लाया हूँ, इसे नौकर रख लो । आप पिता जी से कहो छोटे बाबू, मैं कहूँ तो पिता जी गुस्सा हो जाते हैं ।''

''तुम आजकल क्या करते हो ?''

''मैं भी कोई छोटा-मोटा काम इधर ढूँढ़ लूँगो । पिता जी की दया बनी रहे ।''

''बेटे को अपने पास क्यों नहीं रखते ?''

''यहाँ रहेगा तो कुछ पढ़-लिख जाएगा, अच्छी बातें ग्रहण करेगा ।''

पढ़-लिख जाएगा ! लगता है जैसे तुलसी व्यंग्य में कह रहा है ।

ऊपर जंगले पर बहन खड़ी है, ''हाय तुलसी आया है ।'' वह कहती है और लपककर सीढ़ियाँ उतरती हुई नीचे आ जाती है, ''तू कब आया तुलसी ? तुझे तो देखे मुझे दस-बारह साल हो गए होंगे । यह बेटा है तेरा ? ··· यह भी दाल से सिर धोता है जैसे तू धोता था ?''

बहन ठहाका मारकर हँस देती है । और बहन बरसों पहले की बातें याद कर किसी की नकल उतारने लगती है, ''डड्डू भना ने ते तकाय लाला की कीताय ।''

पिता जी के कानों में यह उच्छृंखल हँसी-खेल की आवाज़ पड़ गई है । दफ़्तर में से बाहर निकल आए हैं ।

''तुम लोग कोई काम भी करने दोगे या नहीं ? जा तुलसी, ड्योढ़ी में जाकर बैठ ।''

तुलसी चुपचाप अपने बेटे को लेकर ड्योढ़ी में चला गया है । ड्योढ़ी की

दहलीज़ पर बैठा वह पहली बार बिलकुल ही बाहर का आदमी लगता है।

पिता जी अपने दफ़्तर में लौट गए हैं। माँ पहले से कोच पर बैठी है। अब विद्या बहन भी उसके पास आकर बैठ गई है।

"माता जी, तुलसी अपने बेटे को नौकर रखवाने के लिए लाया है।" मैं धीरे-से माता जी के कान में कहता हूँ। माता जी फिर से हँस देती हैं, "इसे भी और कोई घर नहीं मिलता। घूम-फिरकर यहीं पहुँच जाता है।"

पिता जी ने सुन लिया है। सिर ऊपर उठाकर कहते हैं, "नाम भी न लो। पहले ही वह घर से निकलने का नाम नहीं लेता। हर तीसरे दिन यहाँ पहुँच जाता है। अब फिर 'चिचड़ी' की तरह चिपट जाएगा। चलता करो इसे। तुम लोग नहीं कहोगे तो मैं इसे कह दूँगा।" और मानो वह कहने के लिए उठते हैं।

"देखो जी, आज के दिन किसी को नहीं दुत्कारा करते, कुछ समझ-सोचकर बात किया करो। तुम्हारा बेटा बाहर जा रहा है। कुछ तो सोचा करो।"

और माँ अपनी नई आदत के मुताबिक नाक चढ़ाकर और हाथ झटककर बहन की ओर देखने लगती है।

"मैंने क्या कहा है ? ··· अच्छा, अब बोलो नहीं, मुझे चिट्ठी ख़त्म करने दो।" और वह फिर सिर झुकाए चिट्ठी लिखने में लग जाते हैं। इस बीच बलदेव भी कमरे में आ गया है। माँ और बहन फिर से खुस-फुस बातें करने लगी हैं, "तुलसी के लड़के को तो मैं रख लूँगी।" बहन कह रही है, "राजीव को घुमा-फिरा लाया करेगा।"

"रख लो बुरा क्या है, जान-पहचान का लड़का है।'

और बहन तुलसी की ही किसी पुरानी बात को याद कर मुस्कराने-हँसने लगी है।

बलदेव को देखकर मैं खोया-खोया-सा अनुभव करने लगा हूँ। हमने आपस में एक योजना बना ली है कि दिसंबर महीने में मैं लाहौर जाऊँगा और हम महीने भर साथ रहेंगे, खूब घूमे-फिरेंगे, पर इसके बावजूद मुझे अंदर-ही-अंदर किसी चीज़ के टूटने का भास हो रहा है।

पिता जी चिट्ठी को लिफाफ़े में डालकर लिफ़ाफ़ा बंद कर रहे हैं। फिर सिर टेढ़ा करके घड़ी की ओर देखते हैं। माँ और बहन दोनों चुप हैं।

"तुम्हारी बातों ने देर करवा दी।" और वह खिन्न भाव से सिर हिलाने लगते हैं। "आज चिट्ठी निकल जाती तो ठीक था।" फिर वह झट-से कुर्सी

पर से उठकर तुलसी को बुलाते हैं । तुलसी भागता हुआ आ जाता है, "भागकर जा और ये दो चिट्ठियाँ शहरवाले डाकखाने में डाल आ । जल्दी कर ! मेरी तरफ़ क्या देख रहा है ?"

अंदर कोच पर बैठी माता जी हँस देती हैं, फिर नाक चढ़ाकर हाथ झटक देती हैं ।

चाँदनी छिटक आई है, वैसे ही, जैसे बरसों से हर साल इस मौसम में छिटका करती थी । छत पर लेटे-लेटे, तारों के अनंत विस्तार में, लगता है तारों की धूल छितरी है । शीतल से बिस्तर पर लेटे-लेटे, न चाहते हुए भी आँखें उन्हीं को निहारने लगती हैं । एक तारे को ध्यान से देखो तो वह आँखें झपकाने लगता है. उसका रंग कभी गुलाबी तो कभी हरा-सा लगने लगता है ।

महल्ले में चौका-बर्तन निबटाने से पहले की आवाज़ें आ रही हैं । पिछवाड़े में किसी आदमी को प्यास लगी है और वह सुराही में से पानी उँडेल रहा है । छतों पर सोने के लिए खाट बिछाए जा रहे हैं । कहीं रोटियों के 'चंगेर' तो कहीं दही जमाने के बर्तन के ऊपर लाने की आवाज़ें आ रही हैं । पिछवाड़े में दो घर छोड़, तीसरे घर की छत पर से, किसी पुराने खेल की आवाज़ें आ रही हैं । कुछेक बच्चे गा रहे हैं—

"फूलों में हम आते हैं, आते हैं
ठंडी मौसम में, ठंडी मौसम में !
तुम किसको लेने आते हो, आते हो !
ठंडी मौसम में !"

आवाज़ें बाबू ईश्वरदास के घर की छत पर से आ रही हैं । विद्या बहन का बेटा राजीव भी वहाँ खेलने गया है । तुलसी का बेटा उसकी देखभाल के लिए उसके साथ है । बच्चों की आवाज़ों में मैं राजीव की आवाज़ पहचानने की कोशिश कर रहा हूँ ।···

• • •